Ukrainian Drone Sniper

ウクライニアン ドローンスナイパー

妹尾一郎

Ichiro Senoo

クリエイティブメディア出版

もくじ

Ukrainian Drone Sniper

主要登場人物

ウクライニアンドローンスナイパー

ロシア軍

ロシア軍の若い兵士たち

セルゲイ

ウラジーミル

ドネツ川防衛隊

ボロン小隊長

イーグル隊長

学生兵

イワンとミハイロ

チキン隊長

ユダヤ系

ポーランド人医師

リュドミラ

キャプテン

ロゴスキー

玉ねぎおばさん

ハルキウ方面守備隊

第一章　開戦の投げ槍《ジャベリン》

二〇二二年二月二十四日、ウクライナ北部の早朝、気温はマイナス十五度。

アンドリーは凍てつく塹壕の中で震えていた。ドローンのコントローラーにはロシア国境の雪原が映っている。スラバ隊長は、敵がすぐ側に潜んでいるかのような無声音で囁いた。

「そろそろいいぞ。先頭のクソ野郎にジャベリンをぶち込んでやれ」

モニターの光を受けた隊長の顔は死人のように青白くなっているが、目は燃えている。

『こちらジャッカル。了解しました、どうぞ……ザザザ』

隊長が持つトランシーバーから高周波のノイズ音が漏れた。

スラバ隊長はトランシーバーのＰＴＴボタンを押すと、もう一度小さな声で囁いた。

「よしやれ。最初の一撃が全てだ。外すなよ」

アンドリーは唾を飲み込んだ。コントロールレバーをつまんだ指が激しく震える。手編みのセーターの上にダウンジャケットを着込んでいるというのに体まで震えだした。額から脂汗が滲み出る。流れ落ちた汗が一滴、手にしたモニターの上に垂れた。

数秒後、四角い黒点が煙を吹いた。黒点は敵戦車部隊の先頭車両だ。しかし動き続ける。だめだ、煙は単なる排気ガスなのだろうか？　ドローンから送られてくる映像なので音が無い。

静まり返った塹壕の中、スラバ隊長がくわえたタバコがチリチリと燃える音がした。

次の瞬間、戦車はマッチに火が灯ったように燃え上がり、大爆発を起こして砲台が飛び上がった。

「ジャックポッドだ！　ざまあみやがれっ」

タバコを吐き捨てた隊長はマイクに向かって絶叫した。

「これで袋の鼠だ。全員、砲撃開始っ！　ロシアのクソどもを皆殺しにしてやれっ」

スラバ隊長の青白い顔は一変し狂気に満ち溢れた形相になった。

アンドリーは飛び上がるほど驚いた。危うくコントローラーを落とすところだった。スノーブーツを履いた足がガクガク震えコントローラーのモニターが激しく揺れる。

「しっかりしろアンディ。あれは味方の迫撃砲だ。敵の弾はここまで届かない。心配するな、落ち着げ」

父が震えるアンドリーの背中をさすった。モニターの青白い光を受けた父の顔も変わっていた。いつものような寝ぼけたフクロウみたいな顔ではない。獲物を狙う猛禽類の顔つきだ。アンドリーは両手に力を込め、奥歯を噛み締めた。スラバ隊長が怒鳴った。

「あっ！　最後尾の車輌が逃げたぞっ。秒速二メートルで北進している。射程プラス十五。角度０・００３マイナスだ。撃てっ！　てっ！　てーっ！」

敵の戦車部隊に襲いかかる迫撃砲弾の雨あられ。モニターに映った雪原に次々と黒い穴があく。破壊された戦車で道を塞がれ、動けなくなった別の戦車のハッチが開き、一人のロシア兵が飛び出した。間髪を入れず、もう一人が飛び出して来た。何をするのかと思ったら、逃げたのだ。

白い服ならともかく、迷彩服を着たロシア兵は丸見えだ。ヘルメットも防弾ベストも付けていない。雪原を逃げ惑うロシア兵は白砂の上を這い回る蟻だ。迫撃砲の至近弾を受けたロシア兵の体が吹き飛び雪が鮮血で染まった。白黒の世界だったのが飛び散った内臓と血のせいでカラーに変わった。

小さなモニター画面で見ているうと、それはまさしくスマホの戦争ゲームのようだが、これは現実なのだ。

アンドリーの手はまた激しく震えた。

「おいアンディ、落ちつげ。しっかりしろ」

ぴったりと身を寄せた父が大きな手でアンドリーの手を包み込み、激しく震えるモニターの動きを鎮めた。

「ギャハハハハ！　プーの犬どもめ、大事な戦車を捨てて逃げ出しやがった」

隊長は拳を振り回し、片手でシャドーボクシングしながら怒鳴り続けた。

「戦車に命中させるなっ！　あとで鹵獲《ろかく》しに行くぞっ」

戦車の上部に付いたマシンガンで反撃する敵兵もいたが、どこを狙っていいのかわからないようだった。四方八方、手当たり次第に撃ちまくっている。

「兵員輸送車にぶち込んでやれっ！　七輛目だっ」

数秒後、炎に包まれた兵員輸送車からロシア兵たちが飛び出して来た。四人、五人、六人、七人……続々とこぼれ落ちるように出て来る。軍服に火がついたロシア兵が雪の中に倒れ込み、のたうち回っている。そのロシア兵には片腕が無かった。大混乱に陥った敵の戦車部隊は道をそれ、雪原に入り込んだが、タイヤ駆動の車輛はもちろん、キャタピラの戦車でさえ、深い雪のせいですぐに身動きできなくなる。

スタックして動けなくなった車輛から飛び出し、逃げていく者が続出した。

そんな中、大砲を打ち続ける戦車がいた。

砲台が回転し、やがて砲身がまっすぐこっちを向き、砲口が火を吹いた。

「うわっ！」

アンドリーは思わず首をすくめた。

迫撃砲の軌道で我々の居場所がわかったのだろう。しかし、はるか手前で炸裂音がした。父の言った通り、ここは敵戦車砲の射程圏外なのだ。

「敵の隊長が乗っているのは、あの戦車に違いない。あれを殺れっ！」

スラバ隊長はモニターを指先で叩きながら座標を指示した。

そのうち、その戦車も迫撃砲の直撃弾を受け吹き飛んだ。

Uターンした装甲車が溝に落ち横倒しになった。装甲車の車体の腹が見え、八個もあるタイヤが全て空転した。ドアを開けたロシア兵がモグラのように這い出して来た。その瞬間、迫撃砲の弾が炸裂しロシア兵の上半身と下半身が二つに千切れて吹き飛び、辺りの雪がいちごシャーベットに変わった。

「ギャハハハハ！　殺れ殺れ！　クソどもを皆殺しにしてしまえ！」

　モニターに隊長のつばきが飛び散った。とどめは燃料輸送車と弾薬輸送車だった。大爆発を起こした弾薬輸送車の砲弾が、すぐ前にいた燃料輸送車に直撃し、タンクが誘爆して馬鹿でかいキノコ雲が立ち昇ったのだ。小さなモニターで見ると、雪原に現れたキノコ雲は、子供の頃アンドリーが絵本で見たアラジンと魔法のランプに登場する大男のようだった。

「よしっ、全員、撃ち方やめっ！　ドローン戻してよし。ちくしょう！　タマとガスを並べて走らせるなんて。ロシア兵の馬鹿どもめ。まあいい。とりあえず大勝利だ！」

　ストレートパンチを突き出したスラバ隊長が「戦車を鹵獲しに行けっ！」と怒鳴ると、トランシーバーから『了解です』と応答があり、塹壕の中は静まり返った。

　アンドリーは震える指先で『ＧＯ　ＨＯＭＥ』ボタンを押し、マビックを戻した。これは、離陸させた地点を記憶したドローンが自動的に帰って来るモードだ。

　数分後、ドローンは塹壕の入り口に立つアンドリーの震える手に戻って来た。

　隊長はタバコに火をつけると、大きく吸い込み、ゆっくりと煙を吐きながら言った。

「とりあえず第一ラウンドはゲームセットだ。坊や、よくやったぞ。撮ったデータは渡してくれ。ん？寒いのか？　ま、一杯呑め、温まるぞ、祝杯だ！」

　隊長が差し出した物は火酒、ホリールカ《ウォッカ》の瓶だった。しかもラベルに赤唐辛子が描いてあるから父が好きなペルツォフカだ。

「おいおい、こいつはまだ十五歳だぞ」

PERTSOVKA

父がその瓶をもぎ取り、ラッパ呑みして「グウゥー！」と息を吐き出した。

白い息がアンドリーの顔を包むと強烈なアルコール臭がした。

「相変わらず酒焼けの酷い声だな。それに、まだそんな年代物のブローニングを使っているのか？　せめてカラシニコフを使えよ」

スラバ隊長は父の持っている古びたレバーアクション式のライフルを見て笑った。

父は「こいづは俺のお守りなんだ」と答えて、ライフルを分厚い皮ジャンの胸に抱き寄せた。隊長とアンドリーの父とは古い知り合いのようだった。父は隊長のことを「スラバ」と呼んだ。スラバとは「栄光」という意味だが、ウクライナではよくあるおじさんの名前だ。

「おかげで助かったよ。立派な、いい息子さんだ。ずいぶんハンサムな坊やだ。そのうち女たちを泣かせるんだろうな」

「そうでもないよ。いづも女みだいに泣いてばがりだ、な、アンディ」

父はアンドリーの頭を激しく撫でた。

「確か下の子は、娘さん、だったよな？　いくつになった？」

「八歳だ。この前も、隣の婆さんの犬に馬乗りになってカウボーイごっごだ。俺もせがれも水鉄砲でやられぢまった。やんぢゃで困るよ」

「ははは、お前に似たんじゃないのか？」

「ああ、そうがもしれない、がっはっは」

苦笑いした父は頭を掻いた。

「お前に似合わない美人の奥さんの調子はどうだい？」

「もうすぐ生まれる」

と父は今度は照れ臭そうに自分の鷲鼻を触った。

「その頃には戦争が終わっているといいな」

「そうだな」

「落ち着いたら酒でも呑もう」

「ああ、そうだな、そうしよう、楽しみにしている」

「気をつけて」

「お前も……」

言葉が途切れると二人同時に「ウクライナに栄光あれ！！」と言いながらきつくハグをしてすぐに別れた。

スラバ隊長たちは「これから敗残兵を処理しに行く」ということだった。

アンドリーと父が塹壕を出ると、迫撃砲を片付けている二人の若い兵士が声をかけた。

「さっきは女と間違えてすまなかった。君はすごい、よくやったぞ！」

「ドローンボーイ、お前はヒーローだ！」

車に迫撃砲とライフルを積み込んだ若い兵士二人は、他の隊員たちと隊列を組み、大急ぎで北の方角へ向かった。

「女と間違えてすまなかった」と謝られたのは、アンドリーがこの部隊に着いた時、父が「これが俺のせがれだ」とアンドリーのことを紹介すると、「あれ？　ずいぶん可愛い娘さんですね」と、勘違いしたからだ。

兵士は耳まで覆い隠すフェイスマスクのせいで父のガラガラ声が聞き取れなかったのかもしれない。しかしアンドリーは「いつものことだ」と小さくため息をつき、ダウンジャケットのジッパーを首まで上げ、セーターの赤い花柄を隠した。柄は、ウクライナ民族衣装のソロチカという花柄。去年の暮れに、母が編んでくれた手編みのセーターだ。

母は「ソロチカは病気や悪霊から身を守ってくれる『魔除け』なのよ」と言っていた。

アンドリーが「せめて青い花にして欲しい」と頼んでも「ターシャが大きくなったら、お下がりを着せるから」と、取り合ってくれなかった。しかし、赤い花柄のセーターのせいではなく、帽子で金髪の巻き毛を隠し、ジーパンや黒いダウンジャケットを着て、男の子っぽい格好をしても、いつもこうなのだ。

「せがれだって言っただろう!」

と父が語気を強めると、二人の若い兵士は「失礼しましたっ!」と慌てて敬礼していた。

大柄な父と違って小柄で華奢な母に似たアンドリーは今、九年生だ。十五歳になるが童顔なので、いつも子供扱いされていた。おまけに色白で金髪の巻き毛なので女の子たちからは「アンディ」を文字って「キャンディ」と呼ばれ、いつしかそれがニックネームになった。要するに「あまちゃん」ということだ。

小さな頃から「昆虫採集」や「戦争ごっこ」より「おままごと」の方が好きなアンドリーは、男の友だちより女の子の友だちの方が多かった。

父が「干物にして食べるチャブ(フナの一種)を釣りに行こう」と連れて行ってくれた川釣りも、針にミミズや虫を付けるのが嫌で二度と行かなかった。初めて行った時、「ミミズよりは白くて小さなウジ虫の方がましだよな」と思ったのが失敗だった。針に刺した瞬間、プチュッ! と音を立てて汁が飛び出した。ウジ虫の汁は指先に粘りついた。慌てて川の水で洗ったが、指先についた生臭い匂いは消えない。

家に帰ってから石鹸でアライグマのように何度も手を洗った。

そもそもアンドリーは虫も殺せない性格というか、虫が大嫌いなのだ。触るのはもちろん見るのも嫌。それよりも家でケーキを焼いたりゲームをしたりする方が好きだった。

七歳年下の妹、ターシャのお守りをさせられるようになってから、ますます女の子の遊びをすることが多くなった。父に「お前はお兄ちゃんなんだぞ、男らしくしろ」と言われても、どうしていいか分からない。

ターシャの方がお転婆なのだ。いつもアンドリーのお下がりのオーバーオールを着て野山を駆け回る。

ある時、アンドリーの背中に、こっそりクワガタを入れたことがあった。

「きゃー！」と悲鳴を上げて泣き出したアンドリーを見て「してやったり！」と、前歯が抜けた大きな口で大笑いするソバカスだらけの顔は、ハロウィンのかぼちゃだった。

父は、そんなアンドリーがいつまで経っても女の子みたいなのを心配していた。日本製の農業用バイク、カワサキのストックマンの運転を無理やりアンドリーに教えたのも父だった。私有地内なら無免許運転にはならない。アンドリーがバイクを上手に乗りこなすようになると「やっぱりお前は男の子だ！」と父は手放しで喜んだ。

アンドリーはそのバイクで農道を走り回り、父の畑仕事を手伝うようになった。

以来、機械物に興味を持ったアンドリーが「ドローンが欲しい。畑の監視や、農薬散布に役立つかもしれないよ」と言った時には、二つ返事で買ってくれた。

今回持ち出して来たのは、その時、ネット通販で手に入れた格安の中古ドローン、初期型の『マビック』だった。世界マーケットの七割を占める中国ＤＪＩ社製のドローンだ。

遡《まぼろし》ること約十年前、ＤＪＩは『ファントム』を手頃な値段で市販し、世界中をあっと言わせた。軍が秘密裏に開発していたような高性能ドローンだったのだ。当初は内臓カメラもなく五分しか飛べなかったが、ファントム2、3、4と、急速に進化させた。ファントムはプロペラを外せばバックパックに入る大きさだった。しかし後継機種である『マビック』は、プロペラを外さなくても、そのまま折りたたんでポケットに入れることができるよう、さらに小型高性能化したドローンだ。

今では旧タイプの『ファントム』も新型の『マビック』も世界中で使われている。テレビなどでは「自然ドキュメンタリー番組など、これがないと作品が作れない」と言われるほど普及している世界的な大ベストセラーなのだ。

　アンドリーたちが暮らす小さな村は、ウクライナ北部に位置するチェルニヒウ州とスームィ州の州境に位置している。ロシア国境のすぐそば、とても辺鄙な所だ。

　ウクライナ軍のドローン部隊は人数が少なく、そのほとんどが首都キーウ近郊の守りにまわされ、田舎の守備隊にはドローンを飛ばせる者がいない。

　そこで急遽、アンドリーの出番となったのだ。予備役だったアンドリーの父は自発的に守備隊に参加し、国境付近でロシア軍の動きを監視していたのだ。

「アンディ、お前は男だ。ヒーローになるチャンスだぞ」

と、昨夜遅く、父の愛車、ラーダ・ニーヴァに乗せられ強引に連れ出されたのだ。

ラーダ・ニーヴァはシーラカンスと呼ばれるほどの古い車だ。アンドリーが物心ついた時からあったから、一体、何年落ちなのだろう？　しょっちゅう壊れるが、父は大抵の故障は自分で直していた。

泥だらけのトランクには、常に燃料携行缶と一緒に修理道具や交換部品を積んでいる。父は「マニュアルミッションでフルダイムの四駆が男の車だ」と、ラーダを直すたび、鷲鼻を擦っていた。

ここに来る途中、父は床から三本も突き出たレバーでせわしなくギアチェンジしながら言った。

「大丈夫だ。お前は男だ。お前なら、できるよ。やるんだぞ」

古皮のグローブみたいな大きな手で何度もアンドリーの頭を乱暴に撫でた。

大雑把で強引な性格の父はいつもそうだった。酔ってない時でも少しがさつなのだ。アンドリーとは正反対だ。

　アンドリーは外見だけでなく、その内向的で心配性な性格も母とそっくりだった。

家への帰り道、暖房が効き始めた車内は徐々に暖かくなったが、アンドリーはまだ小刻みに震えていた。

しばらく行くと父がハンドルを叩いて大笑いし始めた。

「アンディ、父さんが言ったとうりだろ！　よくやったぞ！　お前は本物の男になったんだ。ヒーローだ。アンディ、お前は本当に偉いぞ！」

父はギアチェンジの合間にアンドリーの金髪の巻き毛をクシュクシュにした。

「え、いや、ぼ、僕は何もしてないよ。ただドローンを飛ばしただけだもん」

「そんなに謙遜するなよ」

父は太い指でアンドリーの白い頬をつねった。農作業で荒れた父の指は、声と同じくサンドペーパーみたいにザラついていた。

アンドリーは複雑な気分だった。ロシア兵の上半身と下半身が二つに千切れ飛んだ映像や、雪原を逃げ惑うロシア兵の姿が頭から離れない。炎に包まれたロシア兵は雪の中を転げ回り、火が消えると手足をバタつかせていた。明らかに、まだ生きていたのだ。

「ねえ、父さん。あのロシア兵たちはどうなるの？　隊長さんは『処理する』って言ったけど、それは殺すことなの？」

「だって仕方ないだろう。悪いことをしたんだがらな」

アンドリーが黙り込むと、父は少しいらだったのか、「武器を捨てて抵抗しなけりゃ捕虜にするんだよ」と乱暴にギアを落としエンジンをふかした。

しばらく経って「これから、どうなるの？」とまたアンドリーが訊いても、父は「心配ない。スラバ隊長たちが守ってくれるに決まってるだろう」と言うだけだった。

「お前は父さんの誇りだ！」

片手ハンドルの父は、もう片方の手でまたアンドリーの頭を撫でた。

晴れ渡った青空と白銀の雪原。眩しくて目が開けられない。

ラーダの車内は温室のように暖かい。目を細めていると急に睡魔が襲って来た。

夜を徹してロシア軍の襲来を待ち構えていたのだ。

アンドリーにとって、生まれて初めての徹夜だった。

その上、戦闘の間、ずっと奥歯を噛み締めていたせいで頬の筋肉が痛い。アンドリーは、ゆっくりとため息をついたまま口を半開きにした。全身の筋肉が弛緩してゆく。

やっとのことで体の震えが収まった。

三角窓を少し開けると冷気が吹き込んで来た。凍りつくような風が顔に当たった。

「いったい、何人のロシア兵が死んだのだろう？　このままで終わるわけない。もしかしたら仕返しに攻めて来るのではないだろうか？」

そんなことを考えていると、また震えが来そうだった。

心配で不安で怖くてたまらない。しかし眠い。

ひとつ大あくびをした父も眠気をさまそうとしたのか、急にウクライナ国歌を口ずさみ始めた。

♫　ウクライナが滅びるものがっ！
♫　栄光も自由も俺だちのものだっ！
♫　友よぅ運命わぁ再び俺だちに微笑むぜ！
♫　俺だちの敵、ロシアのクソ野郎どもは皆殺しにしでやるっ！
♫　俺だちは自由の土地を　自分だちの手で守るんだぜ～！

父流にアレンジした『ウクライナは滅びず』の替え歌だった。音痴な父は興奮した指揮者のように人差し指でハンドルを激しく叩き太鼓代わりに何度もクラクションを鳴らした。

「僕は人を殺す手伝いをしたのかな……いったい、この先、どうなるのだろう？」

アンドリーはシートに身をもたせたまま、うつらうつらしはじめた。

ぼんやりしていると、鹿狩りに行った時のことが思い浮かんだ。

去年の農閑期、「虫が嫌なら動物はどうだ？　アンディ、お前は獲物をドローンで探してぐれ」と、半ば強引に連れ出された時のことだ。

父は自慢のブローニングを使い一撃で鹿を仕留めた。「ごのままじゃ運べないな」と言った父はナイフを取り出し、その場で解体を始めた。仕留めた鹿は雌鹿だった。父が鹿のお腹にナイフでザックリと切れ目を入れると、内臓と一緒に白い半透明の薄皮の袋が出てきた。羊膜《ようまく》だ。破れた羊膜から丸まった胎児がすべり出た。子鹿は足を伸ばした。まだ生きていたのだ。アンドリーはそのまま雪の中に倒れ、気を失った。

以来、猟に誘われた時にはいつも「勉強があるから」と自分の部屋に籠った。

「男は猟ぐらいできないどダメだぞ」と父に言われる度に「そんな事より、勉強の方が大事でしょ」と、母が味方してくれたものだった。

そんなことを思い出しながらアンドリーは目を薄っすらと開け、ぼんやりしていた。

長いまつ毛のせいで視界がぼやけて見える。現実の出来事とは思えない。悪い夢でも見ているようだ。早く家に戻ってベッドで寝たい、とアンドリーが思っていると、父は突然「そうだ、シルボに行ごう！」と、口笛を吹きながらハンドルを切り、分かれ道を町の方角に向けギアを上げた。

シルポは車で小一時間ほど走った町にある大手のスーパーマーケット・チェーンだ。

「今日はお祝いだ。何がうまいものを買って帰ろう。今夜はママに美味しい料理を作ってもらうぞ。

お前は料理を手伝わなくでいい。今夜のパーティーはお前が主役なんだがらな」

父はラーダを駐車場に入る車の列につけた。金曜日なのにシルポの駐車場は週末のように混雑していた。

ロシア軍が攻めて来たので、付近の住民たちが買いだめに来たのだろう。

しかし店内に入ると客たちに慌てた様子はない。パニック買いをする者はおらず、ショッピングカートに乗せられた子供は「おもちゃを買ってくれ」と無邪気にはしゃいでいる。

お婆さんが、値札を見てはレモンでも舐めたような渋い顔で品定めをしている。そんな人たちを見ると、アンドリーは、僕はちょっと心配し過ぎなのかも知れないなと感じ、そのうち不安は薄れた。

「だってママのお腹には赤ちゃんがいるがら五人分必要だろ？」

父は精肉コーナーで、天井からぶら下げた鶏肉と、皮を剥がれたウサギの肉を丸ごと一羽ずつ買った。アンドリーはこれがぶら下がっている精肉コーナーが苦手だった。首がないとはいえ、丸ごとのウサギとニワトリなのだ。ニワトリは文字通り、毛がむしり取られたぶつぶつの鳥肌。皮を剥がれたウサギの方は両足を縛って吊るしてあるから前足がだらんと垂れ下がっている。大きさがほぼ同じなので、首を切り落とされた猫のスィーニ《ブルー》かもしれないと感じる。何度見ても、いつも鳥肌が立つ。

「おい、アンディ。今度生まれて来る赤ん坊の名前はどうしよう。弟がいいか？」

父は終始上機嫌だった。鼻歌交じりで次々とショッピングカートに商品を放り込む。

惣菜コーナーを覗いた父は「アンディ、お前もママも、ごっちの方が好きだっだよな」と、甘ったるいマーマレードで煮込んだ調理済みのスペアリブを買ってくれた。

「ごれはタチアナ婆さんにやるか。アンディ、お前が持っで行ってやれ」

父は焼きたてのパンを二斤カートに放り込んだ。

タチアナ婆さんというのは、隣のロシア人の婆さんことだ。変わり者で偏屈なタチアナ婆さんは、普段から「犬しか信用しない」と公言し、『ミール』という名の、大きなジャーマン・シェパードを飼っていた。ミールはロシア語で「平和」という意味だ。

疑り深く用心深い婆さんは、自分の家や畑を見守る番犬として犬を放し飼いにしていたのだ。犬を放し飼いにしている村人は多い。が、体が大きく目つきが鋭いミールは狼のようなのだ。

「子供が怖がるでしょ」「もし、人を噛んだら責任取れるの?」「リードに結んで飼え」などと、タチアナ婆さんは村人から言われていた。

結局、タチアナ婆さんは、村人たちのクレームに抗えず、リードに繋いで飼っていた。

タチアナ婆さんは、村人からは鼻つまみ者のように扱われていたが、アンドリーはその婆さんが嫌いではなかった。

学校では英語が必修だが、第二外国語はロシア語を選択していた。タチアナ婆さんのところに行っては、ミールを散歩させるお駄賃にロシア語を教えてもらっていたから、アンドリーの成績はいつも一番だった。先生たちからは「将来は都会の大学に行け。お前なら国立大学に入れるぞ」と勧められたがアンドリーは村を出るつもりはなかった。ひとりで都会に出るのは少し怖かったし、この村で家族や村の仲間たちと一緒に仲良く暮らして行きたかった。なにより学費や仕送りで親に負担をかけたくなかった。

「アンディ、今日はお前が本物の男になったお祝いだ」

父は他にも大きなケーキやロシェのチョコレートやキャラメルなど、クリスマスが来たかと思うほどたっぷりと食材を買い込んだ。もちろん猫のスィーニにもキャットフードを忘れなかった。

かなり回り道をした上に、案の定、シルポの駐車場でラーダのエンジンがかからなくなったので、村に戻れたのは午後三時を過ぎていた。

「ん？　変だな……」

父がつぶやいた。村の入り口にある、煉瓦造りの家が壊れていたのだ。

「あっ！　こっちの家もだよ」

助手席に座ったアンドリーが声をあげた。道を挟んだ反対の家も壊れていたのだ。中からは黒い煙が立ち上っている。前を見ると、村の中ほどにある、村でただ一軒のガソリンスタンドの方向からもくもくと黒煙が上がっていた。雪で覆われた道には、あきらかに普通の車ではない幅広で太い轍ができていた。

路肩に男がうつ伏せになっていた。ピクリとも動かない。雪が真っ赤に染まっている。

「し、し、しし、死んでるっ！　ひぃぃぃぃ！」

アンドリーは思わず悲鳴を上げた。

「まずいっ！」

父はラーダのアクセルを床が抜けるほど踏みつけた。一瞬で通り過ぎたガソリンスタンドは炎に包まれていた。真っ青な空に真っ黒い煙が立ち上っている。路上の車は破壊され、道端には無数の屍体が転がっている。父は、それらをスラロームのように避け、猛スピードでラーダを走らせた。

村のメインストリートから脇道にそれ、五分ほど走った村はずれでラーダが急停止すると雪煙が上がった。と同時に父は転がり出るように車を降り家に駆け込んだ。

アンドリーはケーキが入った箱を持っていた。ケーキが崩れないよう箱を両手で抱えたまま慎重にドアを開けて車を降りた。

隣を覗くと、タチアナ婆さんの家は無傷みたいだった。

アンドリーの家も破壊されてはいなかった。玄関の側には、去年の暮れにアンドリーとターシャが作った雪だるまがある。ターシャが口の部分に板チョコを貼り付けると、「タバコの吸いすぎだ」「パパみたいだね」と、家族みんなで大笑いした。

そのスノーマンの歯も、青いキャンディの目も、直射日光を浴びて溶け出し、ホラー映画のゾンビのようになっていた。

犬の咆哮がした。タチアナ婆さんのジャーマン・シェパード、ミールだ。婆さんがリードに繋いだミールを連れ、よろよろと歩み寄って来て言った。

「ロ、ロ、ロシア兵が……」

「え？　何ですか？　お婆さん。何があったんですか？」

「ターシャが……ターシャが連れて行かれた……」

タチアナ婆さんが何か言ったが気がふれたように吠えるミールの声にかき消された。

アンドリーは初めて事の重大さに気がついた。見ると、ガレージにあるはずの母の車、ファビアがない。開けっ放しにした玄関から煙が出ている。白いが、外気温との温度差による湯気ではない。あきらかに煙だ。

アンドリーは思わずケーキが入った箱を落とし、大慌てで家に飛び込んだ。

天井から土砂降りの雨のように水が吹き出していた。父がホームセンターで買ってきたホースとスプリンクラーをＤＩＹで家に取り付けたものだった。

アンドリーが手探りで玄関のすぐ脇にある元栓を閉めると水が止まった。

天井には行き場を失った煙が雨雲のように立ち込めている。

開け放した玄関から冷気が吹き込むと、リビングルームが見渡せた。

テレビがない。キッチンにあるはずの冷蔵庫も電子レンジもない。あるのは、ずぶ濡れのダイニングテーブルと布のソファ。ソファは燻って煙を出していた。

「ど、どど、どろぼうだ！」

アンドリーが叫んだその時、猛獣のうなり声が聞こえた。地下からだった。

この辺りでは、あまり裕福でない農家にも、たいてい食料を備蓄するための地下蔵がある。いざという時には防空壕にもなるのだ。

「大丈夫だ。昼までには帰って来る。地下室に入って中から鍵をかけで待ってでろ」

家を出る時、父が母とターシャにかけた言葉を思い出したアンドリーは我に返った。

咄嗟に駆け出し、地下蔵へ行く階段に駆け寄った。

分厚い木の扉は破壊されていた。斧と破片が床に転がっている。地下へと続く階段からも煙が立ち上っていた。アンドリーは恐る恐る薄暗い地下蔵を覗き込んだ。

スイッチを入れても電気が灯らない。

アンドリーは、一段一段、ゆっくりと目を慣らすように慎重に階段を下りた。

薄暗がりの中、真っ先にアンドリーの目に入ったものは肉の塊だった。シルポで売っていた皮を剥いだ鶏肉やウサギのように天井からぶら下げてある。手先には握りしめた小さな拳があった。

「う、わ、うわわ、うわぁー！」

目を剥いたアンドリーは階段の途中で腰を抜かした。

それは生まれる前の赤ん坊だったのだ。へその緒が垂れ下がっている。小さな足を天井の梁に釘で打ち付けられ、ぶら下げてあったのだ。

羊水と血が混ざった液体が赤ん坊の顔から滴り落ちていた。

「う、う、うう、ぐ、ぐぐぐ、ぐおおお……」

またしても猛獣のうなり声が聞こえた。

地下蔵の底から聞こえる猛獣の声、それはなんと、父の声だったのだ。

スプリンクラーから滴る水なのか涙なのか、暗闇に薄っすらと浮かんだ父の顔は、溶けて崩れかけた、あのスノーマンだった。それはもう正気の人間の顔ではなかった。

しゃがみこんだ父の前には、全裸の母が横たわっていた。

腹を掻っ捌かれ、内臓がはみ出している。

切り裂かれた下腹部からはみ出た白い薄皮は、胎児を抜き取られて空になった羊膜だ。

あの雌鹿と同じだった。

ピアスをもぎ取られたのだろう、耳たぶが千切れている。左手の薬指までなかった。側には血まみれのペンチと切り取られた指が転がっていた。指をペンチで切られ、結婚指輪を奪われたのだ。切り取られた薬指の付け根から血がドクドクと流れ出ている。

母のすらりと伸びた白い両足は、股間から流れ出た血で真っ赤に染まっている。

アンドリーはもう十五歳だ。性というものが理解できる。美しかった母はレイプされた上で惨殺されたのだ。アンドリーの体は激しく震え、木の階段がミシミシと音を立てた。

階段が軋む音に気付いた父が振り向き、「ぐう、ぐぐぅ、来るな、あっちへ行げ……」と声を絞り出した。

そう言われてもアンドリーは動けない。父は嗚咽と共に吐き出すように言った。

「ううう、み、見るな、行げ……」

アンドリーが「タ、タタ、タタタ、ターシャは？　ターシャは？」と言うと、崩れかけた父の表情が、はっ！　と一瞬でまともな人間の顔に戻った。

「ターシャ！」

弾けたように立ち上がった父は地下蔵の中を探し回り、小麦やトウモロコシが入った袋をかき分けた。袋の隙間には猫の死骸が転がっていた。スィーニだ。蹴り上げられたか踏み潰されたのだろう。口から内臓が飛び出し、瞳孔が大きく開いた青い目は輝きを失っていた。アンドリーは眼だけ動かして父の行動を見ていた。

「ターシャ！　ターシャ！　ターシャ！」

父は段ボール箱を次々に開けながらターシャの名前を気が触れたように叫んでいる。

アンドリーがまだ階段に座っているのに激怒した父は「アンディ見るなっ、行けっ！」と力一杯叫んだ。雷に撃たれたように飛び上がったアンディは這うように階段をよじ登って駆け出した。

家を飛び出したアンドリーは畑に向かって突っ走った。ロシア兵が追いかけて来るような気がして時々振り返るたびに転んだ。どこまで走っても隠れる場所がない。畑は一面の雪原だからだ。春前の根雪は氷のように硬く重い。振り返っては転び、転んでは振り返り、やっと追っ手が来ないことを確認したアンドリーは倉庫に向かった。直射日光と雪の照り返しで体が熱い。セーターの内側が汗でぐっしょりと濡れスノーブーツの中に入った雪が溶けて水浸しになったが冷たさを感じない。

アンドリーは恐怖のあまり暑さも寒さも何も感じなくなっていた。

村人が共同で使う倉庫は粗末なコルホーズの小屋ではない。大型のトラクターや耕運機なども保管してある乾燥トウモロコシの貯蔵倉庫で、体育館くらいの大きさだ。隅には農薬の保管庫や事務室もある。アンドリーは色々な場所を探し回った。

最後には出荷前の乾燥トウモロコシの粒の中までかき分けて探した。

小さな頃ターシャとアンドリーは近所の子供たちと、そこでよくかくれんぼをして遊んだ。大抵の子供はトラクターの運転席や大きなタイヤの影に隠れた。ある時、ターシャがいつまで経っても見つからないので「降参だ！　出ておいで！」と叫ぶと、トウモロコシの中から紙を持って出てきた。なんと、トウモロコシの中に体を隠して紙を筒にして息をしていたのだ。ターシャが鼻の穴に詰まったトウモロコシを「フンッ！」と吹き飛ばした時には、みんな大爆笑した。

「すばしっこいし、機転がきくターシャだ。ロシア兵から逃げて隠れているに違いない」

アンドリーはターシャの名前を叫びながら探し続けた。

しかし、何処にもいない。

五分経ち、十分経ち、時間の経過と共に不安が増幅して来る。タチアナ婆さんが言った「ターシャが連れて行かれた……」という言葉が頭の中で大きくなってゆく。

「あっ、そうだ」

アンドリーは我に返って倉庫を飛び出した。ロシア兵はターシャをファビアに乗せて連れ去ったに違いない。母の車、ファビアもスノータイヤを履いているがスパイクではなく単なるスタッドレスタイヤだ。それに四輪駆動ではない。どこかでスタックするかもしれない。赤くてよく目立つので上空からドローンで見ればすぐにわかる。ラーダで追いかければ捕まえることができるかもしれない、と思ったのだ。

「父さんに知らせないと」

アンドリーは雪原を走った。雪が入って水浸しになったブーツを脱ぎ捨てると走りやすくなった。厚手の靴下はスノータイヤと同じだった。

「ターシャはまだ八歳だ。いくらロシア兵でも……」

アンドリーは湧き上がる不安を打ち消すように全力で走った。


家の前には赤いファビアが停めてあった。

「え?! いったいどういうことだ?」

アンドリーには何がなんだかさっぱりわからなかった。ファビアのルーフには冷蔵庫が載せられ、ロープで縛り付けてある。車内を覗くと、電子レンジやテレビで満載になっていた。大きなクマのぬいぐるみまであった。ターシャのだ。しかしターシャはいない。

ロシア語の声がした。

「おい、このスパイめっ！　このドローンはお前のだろう。データはどこにやった？」

武装したロシア兵だった。

雪の地面に膝間付かせた男にライフルを突きつけている。ブローニングだ。後ろ手に縛られた男には紙袋を被せてある。茶色い皮ジャン。間違いなくアンドリーの父だった。

膝間づいた父の目の前にドローンが転がっている。アンドリーのマビックだった。

もう一人の目出し帽《バラクラバ》を被ったロシア兵が、燃料携行缶でガソリンを撒きながら玄関から出て来た。

男はライターで火炎瓶《モロトフ・カクテル》に火をつけると、家の中に投げ込んだ。

煉瓦造りの家はピザ釜のように玄関から炎が吹き出し窓が吹き飛んだ。

「言えっ！　言わないと処刑するぞっ」

ライフルを背中に突きつけられた父は「やめろ、やめろ」とウクライナ語でもがいている。普通のロシア人はウクライナ語が話せない。反対にウクライナ人はロシア語や英語など数カ国語ができるマルチリンガルが多い。しかし父はロシア語を勉強していなかった。ロシア兵が何を言っているのか解らないのだ。

「死ね、このスパイめ」

ロシア兵は、父のお守りであるブローニングの銃口を父の後頭部に突きつけた。アンドリーは思わず叫んだ。

「ニエット《やめて》！」

「おお、そこに、もう一匹、ジェンシナ《おんな》がいたぞ」

ロシア兵はアンドリーのことを見てニヤニヤと笑った。右手に父のライフル、左手にはスペアリブ

を持っていた。

「そのドローンは僕のだ。僕たちはスパイなんかじゃない」

アンドリーがロシア語で答えると「なんだ、お前は女じゃないのか？」と、ロシア兵は満面の笑みを浮かべた。これ以上ないという下卑た笑顔をアンドリーに向けたのだ。

尖ったアゴ。頬に深い傷跡がある。

ロシア兵はスペアリブの肉を齧って骨を投げ捨てた。

「ロシア語が分かるのか？　じゃあ、殺しはしない。良い所に連れて行ってやる。こっちに来い」

ムシャムシャピチャクチャと音を立て薄笑いしながら下アゴだけを左右に動かした。

「カ、カカ、カマキリだ！」

アンドリーは硬直した。アンドリーがまだ小さかった頃、庭先でカマキリがコオロギを食べているのを見つけたことがあった。カマキリはコオロギの頭を噛みちぎり、ムシャムシャと音を立てて咀嚼していた。

ロシア兵の鋭く尖ったアゴと爬虫類のような目。「早くこっちに来いよ」とライフルで手招きする姿は、獲物を見つけた大カマキリがカマを振りかざしているようだ。

紙袋を被せられたままの父が叫んだ。

「やめろアンディ、来るな、逃げろっ」

「うるせえっ！　黙れっ」

ロシア兵がライフルの銃床で父の後頭部を殴りつけると父は雪の地面に倒れこんだ。

「早くしろっ！　お前のオヤジが殺されてもいいのかっ」

アンドリーの体は蜘蛛の糸に絡め取られたように動かなくなった。しかし頭を巡らした。ドローンの中にデータは入っていない。さっき、撮影済みのマイクロSDカードをスラバ隊長に渡したのだ。アンドリーは咄嗟に叫んだ。

「僕は父さんの手伝いで狩りに行ってたんだ。そのドローンで鹿を探していたんだ」

「ああ、なんだそうかい、親孝行な坊やだ。じゃあ何もしないからこっちに来いよ。天国に連れて行ってやるぞ。さあ、おいで、坊や」

猫なで声のロシア兵は、ゆっくりとブローニングを振って手招きをした。

アンドリーは父が言った「武器を捨てて抵抗しなけりゃ捕虜にするんだ」という言葉を思い出し、ふらふらとロシア兵に近づいた。

「よ～し、いい子だ、かわいい坊やだ。ここに膝間づけ」

アンドリーはロシア兵の言う通り、父の側に膝間づいた。茶色い皮ジャンを着て茶色い紙袋を被せられた父は足をピクピク動かしている。死にかけたコオロギのようだ。

僕たちはどこに連れて行かれるのだろう？　もしかしたらターシャに会えるかもしれない、と思った。しかし違った。

「これをしゃぶれ。口にくわえろ。そうしたらお前のオヤジを助けてやる」

なんとロシア兵はベルトを外すとズボンのチャックを下ろしペニスを取り出したのだ。

だらしなく垂れ下がったペニスから湯気が出ている。茹でたてのソーセージのようだった。ペニスを突き出す手の甲にドクロの刺青が入っている。

ロシア兵は上半身を屈め、アンドリーの耳元で囁いた。

「いいかい、坊や、優しく丁寧に舐め上げてくれよ、ヒヒヒ……」

ロシア兵はそのままアンドリーの耳をゆっくりと舐めた。どろっとした唾液が耳の穴に入った。まるでナメクジが耳の奥に這って来るようだ。

スペアリブの脂と唾液が混ざった腐臭がする。おまけに酒臭い。鳥肌がたった。

アンドリーは息を止めた。

「寒いじゃないか、早くしろよ。早くお前のかわいいお口で温めてくれよ」

ロシア兵はズズズッと、よだれを吸い上げる音を立てた。

家に火をかけた、もう一人のロシア兵が側を通り過ぎながら声をかけた。

「ウラジーミル兄貴も物好きですねぇ。妊婦の次は、男ですかい、へっへっへ」

車の方に走り去ったロシア兵は目出し帽のせいで顔は見えないが、声からするとかなり若そうだ。赤いマフラーを持っていた。母がターシャに贈った手編みのマフラーだ。

仁王立ちしたロシア兵はペニスを揺さぶりながら、走り去る目出し帽のロシア兵の背中に向かってつぶやいた。

「俺は普通のレイプじゃ興奮しねぇんだよ、ヒヒヒ……」

屹立したペニスはまっすぐアンドリーの顔に向けられた。どんどん大きくなる。ものすごい太さだ。アンドリーの腕くらいになった。鼻先まで近づけられた。強烈なアンモニア臭。アンドリーは思わず「うっ!」と顔をしかめた。腐ったブルーチーズの臭いだった。

ロシア兵は「ほれほれ……」とペニスを振り回してアンドリーの鼻にぶつけた。

「なんだよ、お前のママの匂いだぞ、ヒヒヒ」

アンドリーは歯を食いしばった。

「そうかそうか、そんなに嫌か。お前の小さな口にゃ入らねぇよな。じゃあいい。しゃぶるのは勘弁してやる。その代わりズボンを脱いで四つん這いになれ。いい子だから言われた通りにしろ。脱いで尻をこっちに突き出せ。天国に連れて行ってやる。ヒヒヒ」

「う、うう、やめろ、やめでぐれ、俺を殺せ。その代わり子供は助けてぐれ……」

雪の地面に突っ伏した父がうめき声をあげ、頭を起こした。

「なにごちゃごちゃとわけのわかんねーこと言ってんだよっ、このスパイ野郎。人の楽しみを邪魔すんじゃねえっ！」

ドウッ！　ライフルで撃ち抜かれた父の頭は紙袋の中でトマトが潰れたようになった。

後ろ手に縛られていた父はすぐに動かなくなった。紙袋に火がついたが、吹き出す血と脳漿ですぐに消えた。

「ひぃぃぃぃぃぃぃ……」

腰が抜けたアンドリーは失禁した。止めようと思っても止まらない。完全に下半身の筋肉が弛緩している。まるで膀胱に穴が開いたみたいだ。パンツが生暖かい小便で溢《あふ》れ、漏れ出た小便がジーパンに染み出し股間から湯気を出した。ロシア兵がよだれを拭いながら薄ら笑った。

「おやおや、もうぐっしょり濡れちまったのかい？」

ロシア兵は銃口をアンドリーの頬に押し当てた。火薬の臭いがして頬の肉がジュッ！　と音を立てて焼けた。アンドリーはロシア兵の言う通りにしようと思った。死にたくない、と思った。

食いしばっていた歯を緩め、薄っすらと口を開けた。

「やっとその気になってくれたのか、可愛い坊やだ。もっと大きく開けろ」

ロシア兵は汚い指先でアンドリーの口をこじ開け、ペニスを突き出した。

「あんたたち、なんてことをするのっ！　それでも誇り高きロシア兵なのっ！」

タチアナ婆さんだった。

「なんだ、さっきのロシア人の婆さんじゃねぇか。仕方がねえんだよ。こいつはスパイなんだ。それとも婆さん、あんたも犯って欲しいのか？　悪いが俺はそんな趣味はねぇ」

「ミール！　殺っちまいなっ」

婆さんはリードを離すと犬をけしかけた。

「うわっ！　何しやがるこのクソ犬めっ！」

ジャーマン・シェパードに飛びかかられたロシア兵はペニスを出したまま倒れた。

「アンディ、今のうちだよ、お逃げっ！」

と言われても腰が抜けたアンドリーは立ち上がれない。なんとか犬を振りほどき、立ち上がったロシア兵が犬にライフルを向け引き金を引いた。撃鉄の乾いた音がした。不発だ。

「チッ！」とロシア兵が舌打ちし、銃のレバーアクションをする隙にタチアナ婆さんがロシア兵に抱きついた。ロシア兵と婆さんと犬が取っ組み合いになった。ボキッ！　と、根雪の下の木を踏み抜いたような鈍い音がした。ロシア兵がコンバットブーツで犬のわき腹に蹴りを入れたのだ。犬は血反吐を吐いた。

それでもタチアナ婆さんは身じろぎしない。婆さんはロシア兵が着た防弾ベストのベルトをしっかりと両手で握り締めて離さない。

「このクソババアッ！」

ロシア兵は銃床で婆さんを殴りつけた。婆さんはもんどりうって倒れた。

「うわっ！　や、やめろっ！　ひいっ！」

と悲鳴を上げたのはロシア兵の方だった。

「アンディ、おいきっ」

立ち上がったタチアナ婆さんはアンドリーに背を向け、片手をロシア兵の方に突き出した。もう片方の手の指にはリングについたピンがあった。

どさくさ紛れにロシア兵の防弾ベストにぶら下げられた手榴弾を奪い取っていたのだ。

「ちょちょ、ちょっと待て、婆さん。俺たちは同じロシア人だろ」

「あんたみたいな男はロシア人なんかじゃない」

「や、やや、やめろ、やめてくれ、レバーを離すんじゃないぞ」

少し離れた場所に居た目出し帽のロシア兵が婆さんの背中にライフルを向けて叫んだ。

「ババア、やめろっ！　やめないと撃つぞっ！　ピンを戻せっ」

一瞬、婆さんが振り返った隙にロシア兵が婆さんに飛びついた。婆さんはレバーを離した。「うわっ！」ロシア兵は飛びのいて地面に伏せた。

「アンディ、おいきっ」と叫ぶと婆さんはアンドリーに背を向け、手榴弾を持つ手を突き出した。雪の地面に伏せたロシア兵は「ひっ！」と頭を押さえた。爆発と同時にアンドリーの顔面に婆さんの背中がぶち当たりもんどりうった。アンドリーは雪の地面に投げ出され雪煙が立ち上った。

雪煙が収まると、目の前にはぐしゃぐしゃになった婆さんの顔があった。破裂した眼球が飛び出し、手首の先から両手がなくなって血が吹き出している。

太ももとわき腹が焼けるような熱さだ。目の前が急に暗くなってきた。

「ウラジーミル兄貴っ！　大丈夫ですかっ！」

目出し帽のロシア兵が駆け寄ると、地面から大男がゆっくりと立ち上がった。男はズボンのチャックを閉め、ミールに噛まれた手の甲から流れ出る血を舐めて吐き出した。

「ペッ！　ちくしょう、クソババアめ。さっさと殺しときゃよかったぜ」

ボス猿のノミを取るように、目出し帽《バラクラバ》の兵士が大男の防弾ベストに降りかかった雪と土埃を取りながら言った。

「さっすがウラジーミル兄貴。兄貴は不死身っすね！　しかし、こんなボロい家にスプリンクラーなんて付けやがって。やっぱり兄貴の言う通り、引き返して来てよかったですね。これで証拠隠滅できましたぜ」

「まったく、ふざけた野郎だぜ。しかし、ポンコツだが、もう一台、車が手に入ったな。お前はどっちがいい？」

「ファビアがいいです。赤は、我が祖国が強かった時代の旗の色ですからね、へへへ」

「じゃあ、ラーダは俺がもらうぞ」

兄貴分のロシア兵は、よだれを啜りあげながら言った。

「ラーダには、うまそうな食い物が、たんまり入っているぜ」

「兄貴、そこにケーキまで落ちてますぜ」

「この国が手に入れば、やりたい放題のパラダイスだぜ」

二人は別々の車に、父のライフルや、さっきアンドリーが落としたケーキの箱やドローンなど、ありったけの荷物を積み込み、乗り込んだ。キュルキュルキュルキュルキュルキュルキュル……と、今にも止まりそうなラーダのエンジンを始動する音が聞こえた。

ブワンッ！　という音がすると、ファビアのエンジン音と一緒に遠ざかって行った。

アンドリーが生まれ育った家が業火に焼かれ、轟々と音を立てて崩れ落ちてゆく。

炎にあぶられた顔が焼けるように熱い。瞼《まぶた》が熱く重くなってきた。しかし下半身は冷たい。小便で濡れたジーパンが凍り始めたのだ。

「ああ、父さん……母さん……ターシャ……」

炎に炙《あぶ》られたスノーマンが溶けてゆく。アンドリーも、そのまま溶けるように気を失った。

第二章　キーウ・ドローン準備隊

アンドリーが目をさますと壁に貼られたセピア色の写真が目に入った。写真の下には『天使とは、美しい花をまき散らす者ではなく、苦悩する者のために戦う者である』と書いてある。ナイチンゲールだ。その隣には聖母マリア様の肖像画も飾ってあった。でも何か変だ。マリア様が赤ん坊の代わりに長い筒状の物を抱きかかえている。何なんだろう？　ここは何処だ？

「キャンディ、目が覚めた？」

肖像画の前に立って覗き込んだのは、アンドリーと同じ村の女の子、ユリアだった。ユリアはアンドリーより三学年上で、家が近所なのでいつも一緒に登校していた幼馴染だ。アンドリーの姉のような存在で、アンドリーにキャンディとあだ名をつけたのがユリアだ。ユリアはアンドリーのことを実の弟扱いした。

強気で勝気なユリアは、フーリガン予備軍の不良グループ、ウルトラスからアンドリーを守ってくれたこともある。親分肌で面倒見がよく、根が優しいからアンドリーはユリアのことが大好きだった。

ユリアは去年地元の学校を卒業して、ハルキウにある看護学校に入ったばかりのはずだった。ユリアはアンドリーの包帯を外しながら言った。

「こんな緊急事態で、学生まで引っ張り出されたってわけ。私はまだ見習い看護師よ」

「いいいい、いてっ！」

わき腹に激痛が走った。

「大丈夫よ、ザクロの実は、もう全部、取り出してあるから」

ユリアの話では、村で生き残った住民の人たちがアンドリーを病院まで担ぎこんでくれたらしい。ザクロの実というのは、ロシア製の手榴弾ＲＧＤ５の破片のことだった。アンドリーのわき腹や、ふとももなど、数カ所にめり込んでいたという。

「と、父さんは？　母さんは？　タチアナ婆さんは？」

ユリアは黙って首を振った。

「タ、ターシャは？　ターシャは？」

「子供たちは、みんなロシアに連れて行かれたわ」

ユリアは包帯の交換をする手を止め「でも大丈夫、きっと生きてるわ。いつか会えるわよ」と言うと、ポケットからスマホを取り出し「これ、あなたのでしょ。あなたの服から出て来たのよ」と、枕元に置いてあったアンドリーの服を指差した。

手編みのセーターもジーパンも、ちゃんと洗濯して綺麗に畳んであり、新品のスニーカーまで置いてある。アンドリーは、ふと自分の下半身を見たが、今履いているパンツも綺麗な新品の物に替えてあった。

「ロシアを批判するような内容の書き込みとか、全部消したほうがいいわよ。でないと、捕まった時にチェックされて殺されるわ。ドローンの映像なんてもってのほかよ。スパイって言われるわ。じゃあ、また後で来るから。これあげるわ」と早口で言い残し、充電ケーブルを放り出した。

「あ、ユ、ユリア、ちょ、ちょっとまっ……」

アンドリーは聞きたいことが山ほどあったけれど、急に顔から火が出そうになった。

もしかしたらオムツを交換するように、アンドリーの小便で濡れたパンツをユリアが履き替えさせてくれたのではないだろうか、と思ったのだ。

「ん？　どうかした？　術後発熱かしら？　顔が赤いわよ」

戻って来たユリアがアンドリーの額に手を当てた。辺りは怪我人だらけだ。隙間なく並べられたベッドのあちこちからうめき声が聞こえる。両目を包帯でぐるぐる巻きにされた人もいた。まるでミイラ男だ。

「え、あ、いいよ、何でもない。僕は大丈夫だ。それより他の人たちを診てあげて」

アンドリーが恥ずかしそうにかぶりを振ると、ユリアは「そう、じゃあ、何かあったらすぐに来るから。遠慮なく呼んでね」と早口で言って、すぐに隣のベッドに移動した。

ユリアの行く先々で笑い声が起こる。いつも強気で前向きなユリアだ。あのミイラ男まで「うう、やめてくれ、く、苦しい」と息を殺して笑っていた。

アンドリーは枕元にあるコンセントに充電器を差し込み、スマホを起動させた。体を動かすと、わき腹に激痛が走った。太ももから先もなくなったように感じるが、布団から足が出ているのが見えた。動かすと、つま先はちゃんと反応した。スマホの日付を見ると、あの日から、もう一週間近く経っていた。

ネットに繋がる。早速、ネットサーフィンしてみた。

戦況は、当初、大挙して首都キーウに押し寄せたロシア軍だが、ウクライナ軍の反撃によって押し戻されたということだった。ジャベリンやＮＬＡＷという携行式対戦車ミサイルが敵の装甲車をことごとく撃破したらしい。ジャベリンとは『投げ槍』という意味だ。「あの隊長が言ってたやつだ！」

アンドリーは壁の肖像画を見上げた。聖母マリアが抱きかかえているのは、そのジャベリンだった。

病院には民間人だけでなく、二十四時間、絶え間なく負傷兵たちが担ぎ込まれ、廊下や床にも、びっしりとマットが敷き詰められた。

「ロシアに敵うわけない」と噂する者たちが多かったが、負傷兵たちの士気は下がっていなかった。

「俺は足を一本なくしたが、ロシア兵を十人以上はやっつけたんだぞ！」などと、ユリアや看護師の女性を相手に自慢するのだ。

三月五日には「ブージモ《乾杯》！」と、こっそり酒を酌み交わして乾杯する怪我人たちがいた。ウクライナ人にとって三月五日は、憎きスターリンが死んだ記念日なのだ。

病院のロビーでは負傷者たちが食い入るようにテレビを見ていた。一度は中断されたウクライナの公共テレビ「ススピーリネ」が放送を再開したのだ。

ロシア軍の戦車が破壊される映像が出ると大歓声が上がった。まるでワールドカップだ。ドイツの首相が『ヘルメットを数百個供与する』というニュースが流れると、大ブーイングがわき起こった。

数日経つとアンドリーは立って歩けるようになった。重症患者や負傷兵は続々と担ぎ込まれて来る。アンドリーはベッドを別の負傷者に明け渡さなければいけなかった。

「これからどうしよう？」

アンドリーは足を引きずりながら病院を出たところで途方に暮れた。

「それくらい、かすり傷よ。キャンディ、しっかりしなさい！」

退院を見送るユリアがアンドリーに紙袋とメモを手渡した。紙袋の中身はパンやチーズなどの食べ物だった。メモには、名前と電話番号が書いてあった。

「列車に乗って、リビウに着いたらそのメモに書いてある番号に電話を入れて。私の友だちが迎えに来てくれるわ。その友だちが、一緒に国境を越えて、ポーランドのクラフクまで連れて行ってくれるから」

戦災孤児を受け入れるポーランド人の所に行けと言うのだった。

「はいこれ」と、ユリアはアンドリーの手に、三千グリブナ（日本円で約一万円）握らせた。ウクライナ人の平均月収は約一万八千グリブナ（日本円で約六万円）だ。新米看護師なら、その半分というところだろう。いや、もしかしたらユリアは無給で働いているのかもしれない。

「三千グリブナも。いいよユリア、悪いよ」

「キャンディ、甘えちゃだめよ。あげるんじゃないわよ。貸、し、て、あげるのよ」

ユリアは『貸して』のところで語気を強めた。

「え、でも……」

「心配しないで、あなたが大人になってから返してくれればいいわ。あなたは頭がいいからポーランド語なんてすぐに覚えるわよ。亡くなったお父さんやお母さんの分まで、しっかり生きるのよ。生きてさえいればターシャにはいつかきっと会えるわ。じゃ、元気でね」

「え、あ、いや、僕は戦おうと思うんだ。僕もロシア兵と戦いたいんだ」

少し間をおき、「はあ……？　何、言ってるの？」とユリアは両手を腰に当てた。アンドリーは身構えた。両手の拳を腰に当てるのはユリアが怒った時のサインだからだ。

「ばかっ！　あんた大バカ者よっ！」

アンドリーは首をすくめた。十八歳のユリアは、白衣の天使というより年増の婦長さんみたいだ、とアンドリーは思ったが、そんなこと口が裂けても言えない。

こうなるともう嵐が通り過ぎるのを黙って待つしかない。

「キャンディ！　あんたロシア兵の恐ろしさを分かってないのよ。あんたみたいな美少年は、女と一緒に犯されて殺されるのがおちよっ！　私は何人もそんな患者さんたちを見てきたわ。股が裂けるほど乱暴されるのよっ！　私はあんたのこと心配して言ってんのよ！　わかってんのっ!?　このばかっ！」

いつもならくるっと向きを変え、農耕馬みたいに大きなお尻をプリプリしながら何処かに立ち去る。しかし、今回は違った。腰に当てた両手の拳にまだ力を込めている。ユリアの説教は続いた。

「キャンディ！　あんたみたいな、ひ弱なあまちゃんに、いったい何ができるっていうのよっ！　さっさとポーランドに逃げなさいっ！」

アンドリーは亀のように、ゆっくりと首を伸ばしながら言った。

「でも……ぼぼ、僕にはドローンが……」

「ばかっ！　何言ってんのよ。早くあの車に乗りなさい。駅まで送ってくれるボランティアの人よ。

いいこと。ポーランドに着いたら新しいパパとママの言うことをよく聞いて、しっかり勉強するのよ。ちゃんと立派な大人になって祖国の復興に力を貸すのよっ！」

ユリアは車のドアを開け「すみません、宜しくお願いします」と早口の英語で運転手のおじさんに言うと、猫をつまむようにアンドリーの襟首を掴んで助手席に押し込んだ。

アンドリーが渋々シートベルトをしたのを確認すると、ユリアは力強くドアを閉め、窓越しに見るアンドリーに目もくれず小走りで駆けて行った。

白衣の大きなお尻が左右に揺れ、束ねた長い黒髪が馬の尻尾みたいに打ちなびいた。

「やばい……完全に怒ってる……」

ユリアは意志の強いクリミア・タタール人の血をひいている。頑固なので説得するのはどう考えても無理だ。アンドリーは小さくため息をついた。

車はすぐに動き出した。なぜか懐かしい感じがする、と思ったら、ハンドルの中心には矢に翼がついた、ウィング・アローのエンブレムがあった。シュコダのファビアだ。

4ドアなのも、オートマなのも、ツートンカラーの内装色までも同じだった。

「これ、お母さんの車と同じです」

アンドリーが言うと、おじさんは首を傾げた。おじさんがジェスチャーを交えながら「大きな声でしゃべってくれ」と怒鳴った。どうやら片方の耳が聞こえないみたいだ。アンドリーはスマホの写真を見せた。

約半年前、母の妊娠を知った父が、無理してローンを組んで買った新車の赤いファビアだ。アンドリーがスマホで見せたのは、ファビアが納車された日に撮った記念写真だ。

「これは縁起がいいわ！」と母は大喜びしていた。ナンバープレートの数字が、偶然『1224』だったのだ。ファビアの写真を見たおじさんは、指で1、2、2、4を作りながら「イェデン」「ドゥヴァ」「ドゥヴァ」「チテリィ」と言った後、「ヴェサウィッシュヴィアント！」と叫んだ。

「同じだ。色は違うが、この車とナンバーが同じだ。ドイツのゴルフも悪くないが、この、チェコの車はもっといい、最高だよ」

どうやらおじさんの青いファビアも四桁の数字が、偶然、母の車と同じ『1224』らしいのだ。

ポーランド人のおじさんは、ウクライナ語がわからないようだったが、片言だが英語は話せた。戦争が始まり居ても立ってもおられず、わざわざワルシャワから車で駆けつけた、ということだった。

「ヴェサウィッシュヴィアントはポーリッシュでメリークリスマスという意味だ。ウクライナ語では何て言うんだっけ？」

とおじさんは笑った。助手席に奇妙な杖が立てかけてあった。横に突き出たハンドルの他に、半円形の輪が付いている。アンドリーが杖をしげしげと見ていると、おじさんは自分の左足を叩いてコンコンと音を立てた。どうやら、おじさんの左足は義足のようだ。

「それはロフストランド・クラッチという杖だ。私には左足がないんだ。でも、左足で良かった。オートマの車なら運転できるからな。私は昔、コンバット・メディックだったんだよ」

コンバット・メディックとは衛生兵のことだ。後部座席には救急セットが沢山置いてある。振り返ると、微かに消毒用アルコールの臭いがした。

アンドリーが「駅に行く前に、ちょっとでいいですから、村に寄ってもらえませんか？」と頼むと、おじさんは「イエス！　オフコース」と大きく頷き、快く応じてくれた。

村はすっかり春めいていた。

いつもなら、長い冬を耐え、春の日差しを浴びようとして家々から出てくる村人たちの顔には笑顔が溢れ、そこら中に生気が満ち溢れる。しかし、変わり果てた村に人影はなく、静まり返っていた。

空き地には無数の十字架が立ててある。車の窓を開けると、焦げた臭いと腐臭が漂って来た。

おじさんに道案内をして、アンドリーは村はずれにある家に向かったが、道に迷ってしまった。分かれ道の目印となるガソリンスタンドがなかったのだ。

「今までのことは、全て悪い夢だ。母さんも父さんもターシャも、笑顔で『おかえり』と出迎えてくれるに違いない」そう思いたかったが、なんとか辿り着き、車から飛び出したアンドリーは呆然として立ち尽くした。やはり家は、すっかり焼け崩れていた。

少し遅れてポーランド人のおじさんがやって来て、アンドリーの隣に立ち、何も言わず静かに目を閉じ、十字をきった。

苦しそうな鳴き声を上げてアンドリーに近寄って来たのは、使い古したモップのようになった犬だった。肋骨が浮き上がるほど痩せこけ、後ろ足をひきずっている。

「うわっ、ミールじゃないか、ミール！」

アンドリーが抱き寄せるとミールは、グウッ！　と声を上げた。

どうやらロシア兵にコンバットブーツで蹴り上げられた肋骨が折れているのだろう。でもミールは嬉しそうに尻尾をふりアンドリーの顔を舐めた。

「ちょっと待ってろ、ミール。今、食べるものをあげるから」

アンドリーは急いで車に戻るとユリアにもらった紙袋を持って来た。

「ほら、ミール、お食べ」

アンドリーがパンを千切って差し出すと、ミールはゆっくりと噛んだ。いつもならガツガツと音を立て数秒で食べ尽くしてしまうのに、いつまでたっても飲み込めない。アンドリーはパンをかじった。

ある程度咀嚼《そしゃく》し、ペースト状にしてからミールに食べさせてやろう、と思ったのだ。ついでにチーズも齧った。口の中でパンとチーズが混ざり合うと、思わず吐き気をもよおした。

アンドリーがひざまずいている所は、あのロシア兵が父を殺し、ペニスをしゃぶれと強要した場所なのだった。噛み砕いたチーズとパンの臭いがアンドリーを一瞬でフラッシュバックさせた。

今まで忘れよう忘れようとして意識的に遠ざけていた。愛する母がレイプされ、腹を切られて赤ん坊を殺され、父は目の前で撃ち殺された。仲良しだった妹は、何処かに連れ去られた。その憎しみを遥かに上回る屈辱。目の前で父が撃ち殺された後、ロシア兵にペニスをしゃぶれと言われ、アンドリーは自分の命欲しさに口を開けたのだ。アンドリーは思わず咀嚼したチーズとパンを吐き出し、嘔吐した。

「アンディ、お前は本当に偉いぞ、お前は父さんの誇りだ」

アンドリーの頭の中に父の言葉が響き渡った。アンドリーは頭を振った。

「ああ、父さん、僕も、父さんのように強くなりたかった……」

アンドリーは地面に突っ伏し思いっきり泣いた。

「僕は、弱虫だ。卑怯者だ……」

「もしかしてあんた、アンディかい?! アンディ!」

泣きじゃくるアンドリーにおばさんが大声をあげながら近寄って来た。アンドリーの家から数軒先にある家のおばさんだった。ロシア系のおばさんは「可哀想にアンディ、しっかりしてお聞き……」と首を横に振りながら話を始めた。話し終えると、震える手で裏手の方を指差した。おばさんの話では、アンドリーの父母の遺体は、家の裏手に埋葬されたということだった。

ポーランド人のおじさんは「気がすむまで祈ってあげなさい。私は車の中で待っているよ」と言い残し、杖をつきながら車に戻って行った。

アンドリーが家の裏手に回ると、三つの盛り土に、十字架が突き刺してあった。大きいのが二本、それにはアンドリーの父と、母の名前が書かれてある。その間には小さな十字架があった。名前はない。崩れるように膝間づいたアンドリーは両手を地面に付けた。

「こんな冷たい土の中に……」

吹き出す涙が盛り土に流れ落ちる。握りしめた黒土はシャーベットのように冷たい。

アンドリーは、ふと、学校の先生が言った言葉を思い出した。

「パプリカもトマトもリンゴも人参も、赤くなるのは何故だか知っているか？　ウクライナの黒土には人民の血が混ざっているからだ」

先生は皮肉な笑みを浮かべて、その後、ウクライナの歴史を語った。太古から侵略され続けたウクライナの屈辱的な歴史だった。

アンドリーは冷たい地面に指を食い込ませた。凍りついた土は熱くなった体温で温められ、泥濘に変わった。指先が食い込んでゆく。

「ああ、母さん……」

優しく美しかった母がこんな冷たい土の中に眠っている。切られた腹の中には、どろどろになった黒土が入り込んでいるだろう。今頃は、虫が内臓を食い散らかし、口や鼻の穴をウジ虫が這い回っているかもしれない。

「あのロシア兵は母さんをレイプした後、殺したんだ……」

小さな十字架は、生まれて来るはずだった赤ん坊の物だ。猫のスィーニは埋葬もされず、焼け落ちた残骸の中だろう。楽しかった家族との生活をロシア兵が一瞬で奪い盗って行った。家も思い出も、何もかも焼き尽くした。アンドリーが今着ている花柄のセーターだけが、唯一の母の形見だ。

「ちくしょう！」と言った瞬間、心の奥底に小さな火が灯った。

アンドリーが生まれて初めて持った感情。それは憎悪という火種だった。

泥濘を握りしめた。小さかった火種がみるみるうちに体内で燃え広がるのを感じる。体が焼けるように熱い。怒りの炎が吹き出した。

「ウラジーミルめ、必ず見つけ出して復讐してやる！」

アンドリーは三つの墓に向かって誓った。

「父さん、母さん、僕は強くなって、仇をとるからね。ターシャを取り戻すからね」

アンドリーは焼ける体のまま立ち上がった。

「もう、二度と泣かない。僕は男なんだ。今にみてろよ、あいつを、ぶっ殺してやる！」

ふと見ると、隣の家の裏手にも十字架があった。地面に犬がひれ伏している。ミールだった。

アンドリーはタチアナ婆さんのお墓にも祈りを捧げて誓った。

「タチアナ婆さん、きっと仇をとるからね。行こう、ミール、おいで」

ミールはゆっくりと立ち上がると、後ろ足を引きずりながらついて来た。時々、タチアナ婆さんのお墓を振り返ってはアンドリーを情けない顔で見上げる。

「ミール、タチアナ婆さんを殺したあのロシア兵を覚えているな？　手に刺青がある大男だ。お前が手に噛み付いた男だよ」

アンドリーが自分の手を噛んで見せると、ミールは急に狼のような鋭い顔つきに変わった。まるでアンドリーが喋った言葉を理解しているかのようだった。

「あいつの臭いを絶対に忘れるな」

アンドリーはミールの頭を撫でた。

車に戻ると、ポーランド人のおじさんがアンドリーとミールを見比べながら言った。

「気がすんだかい？　利口そうないい犬だ。しかし残念だけど、大型犬は列車には乗せてもらえないよ」

「いえ、いいんです。僕は、やっぱり残ります。残って戦います」

おじさんは肩をすくめて言った。

「戦う？　戦うって言っても、君はまだ子供じゃないか」

「僕は両親を殺したロシア兵を見つけ出して、仇を取ろうと思うんです」

「そんなこと言ったって、どうやってそのロシア兵を探し出すんだ？」

「こいつが覚えていると思います」

アンドリーはミールの頭を撫でた。

「そんな無茶言うんじゃない。殺されるのがおちだぞ」

「いえ、僕は決めたんです。絶対にやります」

「そんなこと言ったって、君はライフルが撃てるのか？　その年じゃあ、まだ軍隊にすら入れないだろう」

「僕はドローンが飛ばせます」

「ドローンが飛ばせるだと？　しかし、それでどうやって敵を殺すんだ？」

アンドリーは返す言葉に窮した。ドローンでは敵を探すことしかできないからだ。

「君のためを思って言うぞ。戦争はそんなに甘いもんじゃない。君みたいな者が軍に入っても足手まといにしかならないよ。君のせいで部隊が危うくなることもあるんだぞ」

ポーランド人のおじさんは、不慣れな英語で、一生懸命アンドリーを説得した。

「悪いことは言わん。戦争に行くのはやめとけ。君にはまだ無理だ」

おじさんに言われるまでもなく、マビック程度の撮影用小型ドローンではあの男を見つけて殺すのなんて、どう考えても不可能だった。返す言葉も見当たらない。アンドリーは下を向き、黙り込んでしまった。ミールまで困った顔つきをした。おじさんは「しょうがないなぁ、ふぅ～」とひとつため息をつくと、

「それじゃあ、犬を後部座席に乗せな。ポーランドまで送ってあげるよ。ちょっと時間がかかるけどな。うまくガソリンが手に入れば、明日には着くだろう、乗りな」と、親指で後部座席を指差した。

「あ、いや、いいんです。実は隣の村に親戚がいます。そこでお世話になろうと思うんです」

「じゃあ、隣村まで送ってあげるよ」

「すぐ近くですから、犬と一緒に、歩いて行きます。ありがとうございました」

「そうかい。じゃあ、気をつけて。何かあったらすぐに連絡しな」

おじさんはそう言うとスマホを取り出し「ワン切りしな」と言った。アンドリーが言われた通りにすると、おじさんは「私は英語があまり得意じゃないんだ……」とぶつぶつ言いながらワッツアップに書き込んだ。ワッツアップは元々ウクライナの企業が開発したメッセンジャー・アプリだ。ちょっと経つと、『WhatsAPP? Are you feel any bitter』(元気かい? 少しは良くなったかい?)と書かれたメッセージが届いた。でも「better」のところが「bitter」になっている。これじゃあ「苦い」になっちゃうよ。

「おじさんは、僕を笑わせようとして、わざと間違えたのかな?」アンドリーは思わず笑って言った。

「おじさん、僕はもう大丈夫です。本当にありがとうございました。僕はウクライナのために頑張ります」

おじさんはアンドリーの笑顔を見ると、大きくうなずいて親指を立てた。

「それじゃあ元気で頑張れよ。何かあったら遠慮なく連絡しろよ」

青いファビアがゆっくり走り出した、と思ったらすぐに止まった。おじさんはバックミラー越しにアンドリーを見ている。アンドリーが手を振ると、おじさんはバックミラー一杯に笑顔を作った。

アンドリーが口角を上げると、おじさんは窓から手を出して親指を立てた。

アンドリーは、ほんの一瞬だけ親指を立てたが、すぐに引っ込めた。それはおじさんに対して嘘をついたうしろめたさだった。アンドリーには頼れる親戚など何処にもいないのだ。

ブレーキランプが消え、母と同じナンバーの青いファビアはまた走り出し、とうとう見えなくなった。

まだ三月の終わり。日差しがあれば暖かいが、太陽が傾き始めると急に冷え込み、夜になれば零度近くなる。こんな時期に野宿をすれば凍え死んでしまうだろう。アンドリーは、行くあてもなく村の中心部に向かって歩き出した。太ももがまだ痛む。アンドリーもミールも足を引きずりながら歩いた。

アンドリーは志願兵になろうと思っていた。

「ドローンが飛ばせる自分なら、すぐに入隊させてくれるだろう。きっと役に立てる。あわよくば、あのロシア兵を探し出して仇が取れる」と考えたのだ。

しばらく歩くと突然ミールが姿勢を低くして唸り声を上げた。何事かと思って周囲をうかがうと、地響きが轟いて来た。アンドリーは凍りついた。戦車がこちらに向かっていたのだ。

車体に『Z』マークが描いてあるからロシア軍の戦車だ。ものすごい音と振動。枯れ木が悪魔の手招きみたいに揺れる。ドローンで見たのとは大違いだった。大地の振動と共にアンドリーの体も震え始めた。アンドリーは思わず塀に張り付いた。逃げたいが足がすくんで動けない。大砲がまっすぐこっちを向いている。地面に食い込んだキャタピラが雪と泥濘を巻き上げる。ミールが狂ったように吼えたてるが、その声も轟音にかき消された。アンドリーはミールが飛びださないようリードをしっかりと握り締めた。息を止めたままのアンドリーはそのまま窒息してしまうのではないかと思った。しかし、戦車はアンドリーには目もくれず通り過ぎた。ほっとしたアンドリーは大きく息を吐き出した。と思ったら、通り過ぎた戦車が急停止し、エンジンを切ると辺りが急に静まり返った。アンドリーは

また震え上がって塀に張り付いた。

砲塔のハッチが開き、兵士が上半身を出すと、ミールが狂ったように吠えた。

兵士と目が合った時には、アンドリーはそのまま失神してしまうかと思った。

「おい、お前、ドローンボーイじゃないか？」

「え？！」

よく見ると、あの日アンドリーのことを女と勘違いした兵士だった。

「生きていたのか？　ドローンボーイ、お前、とっくに殺されたと思っていたぜ」

アンドリーは戦車に駆け寄り兵士に向かって叫んだ。

「お願いです！　僕を軍隊に入れて下さい！　僕も戦いたいんです」

急にニヤニヤし始めた兵士は笑いをかみ殺すように言った。

「そんなこと言っても、坊や、お前はまだ子供じゃないか。戦争ごっこじゃないんだぞ。お前はいったい、今、いくつだ？」

「十五歳です」と答えると、兵士は少し驚いた顔をして「まじかよ？　まだ六年生ぐらいかと思ったぜ」と苦笑した。アンドリーのことを、もっと下だと思っていたのだ。

兵士は首を横に振りながら続けた。

「でも、それじゃあダメだ。入隊できるのは十八歳以上からだ」

「僕にはもう、行くところがないんです」

アンドリーは父も母も殺され、家も焼かれたことを手短に説明した。

「親戚とかいないのか？」

「いません。お願いします！　僕はドローン兵になりたいんです」

「ドローン兵だと？　うーん、しかしなぁ……」

　兵士は両腕を組んで考え込んだ。

「いいじゃねぇか、こいつはスラバ隊長の友だちの息子だろ。とりあえず隊長のところまで連れて行ってやろうぜ。それに、隊長はもっとポロジニ・オチェ（空の目）が欲しいって言ってじゃないか。ドローンが飛ばせりゃ、きっと役に立つぜ」

　戦車の前部にあるハッチを開けてそう言ったのは、アンドリーのことを女と勘違いしたもう一人の兵士だった。

「そうか、それもそうだな、そうするか。じゃあ、乗りな、ドローンボーイ」

「あ、あの、この犬もいいですか？」

「ああ、いいさ、寄越せ」

　アンドリーはミールを抱きかかえたが、そのあまりの軽さに驚いた。以前ならターシャと同じぐらいの重さだったのに、痩せこけたミールは十キロもないだろう。砲台から戦車の車体まで下りた兵士が、両手を出すとミールは唸り声を上げた。軍服を着た兵士に対して恐怖心を抱き、怯え、威嚇しているのだ。

「大丈夫だよ、ミール、この人は味方だよ、よしよし」

　アンドリーが頭を撫でると、ミールは急におとなしくなった。

「すみません、ロシア兵に蹴られて肋骨が折れているので、そっと抱き上げてやってください」

「そうか、お前もやられたのか、可哀想に……」

　兵士はミールを抱いたままハッチの穴の中に消えた。

　アンドリーが戦車によじ登って砲台の中に入ると計器やスイッチだらけの座席があった。

「触るんじゃねーぞ。スマホの電源を切りな。切ったらそこに座れ。砲手の席だ」

と兵士が指差した。兵士が座っている、もう片方のシートとの間には、大砲の付け根にあたる部分があった。大砲の弾を装填する所だ。兵士は弾薬を装填するようにミールを手渡した。

「それにしてもひでぇ臭いだな、こいつ」

「ま、俺も一ヶ月以上風呂に入ってねぇから同じようなものか、じゃ行くぞ」

兵士はヘッドセット付けると「オーケーだ、出せ！」と怒鳴った。

砲台の中はエンジンの轟音で包まれ、ゆっくりと走り出した。うっかり口を開けると舌を噛んでしまいそうなほどの激しい揺れ。オフロードを父のラーダで走った時以上の揺れだ。アンドリーの足元にうずくまるミールがガタガタと震えた。

ミールの臭いも酷かったが、それ以上に鼻をつくのは火薬の匂いだった。

轟音で兵士とは話もできなくなったが、アンドリーの胸は高鳴った。ファビアやラーダとは全然違う。目の前には、各種計器類や暗視装置、通信装置やナビゲーションモニター、爆弾の発射スイッチが座席を取り囲むように整然と並んでいる。

まるでアニメで見た巨大ロボットのコクピットのようだった。


戦車は百八十度回転するとバックで森の中へと入って行った。少し入るとすぐに操縦席の兵士が飛び出し、木の枝を束ねたほうきで地面のキャタピラ痕を履き消した。

その間、もう一人の兵士が主砲の先だけ残し、戦車をブナの枝で覆い隠した。

そこから歩くこと十分、部隊は深い森の奥にあった。上空から見えないようにする迷彩網が張られ偽装が施されている。数台の軍用車輌には戦車と同じく木の枝がかけてあった。

双眼鏡を持った兵士が塹壕の側に立つ太い木の影から上空をうかがっている。少し離れた木の影にも別の兵士が潜んでいる。

よく見ると腹ばいになった兵士もいた。木の枝や草を付けて偽装し、顔は緑色にペイントしてある。スコープの付いたライフルを構えていた。顔を動かさず、カメレオンのように目だけ動かしてアンドリーのことを見た。狙撃手だ。

「隊長、可愛いお客さんを連れてきましたぜ。アメリカ軍みたいにバニーガールってわけにはいきませんけどね、へへへ」

兵士が塹壕の中に向かって声をかけると、穴からライフルを持った兵士が「何だと？」と言いながら這い出て来た。フェイスマスクをしている。

「なんだ、ガキかよ」

這い出して来た兵士はアンドリーを一瞥するとすぐに興味を失い、舌打ちして、また穴の中へ消えて行った。入れ替わりに這い出して来た隊長に「ほら隊長、初戦で俺たちに勝利をもたらしてくれた、あのドローンボーイですぜ」と兵士が言うと、隊長は、軍服に付いた泥を払いながら「ああ、君か」とつぶやき、防弾ベストのポケットからタバコを取り出した。

隊長はゆっくりとタバコを一本抜き取り、口に咥えると「お父さんとお母さんは、気の毒なことをしたね」と、顔を皺くちゃにしてタバコに火をつけた。

あのスラバ隊長だった。隊長はため息まじりに煙を吐きながら続けた。

「しかし君は、いったい、こんな所に来て、どうしたんだ？」

隊長はアンドリーの両親が殺されたことも、アンドリーが怪我をして入院したことも既に知っていた。アンドリーは「入隊させて下さい！」と頼んだ。

スラバ隊長はアンドリーの話を聞くと、すぐに「ダメだ」と首を横に振った。

風船のように膨らんでいたアンドリーの気持ちは一気に萎んだ。

隊長は煙が目にしみたのか、しかめっ面をして唾を吐いた。

「君には借りがあるから、言うことを聞いてあげたい。しかし、あの時は、我々は運が良かっただけなんだ」

隊長の話では、開戦当初、ウクライナに進軍して来たロシア軍部隊は、上層部から『ただの演習』と聞かされていたらしいのだ。

「つまり、全く戦う気がなかったわけだ。今はもう、あの時のように、うまくは行かない。私もかなり部下を失った」

隊長は眉根を寄せて話し続けた。

「ドローンを操縦できる君には、今すぐにでも入隊して欲しいが、君に、もしものことがあったら、私は天国にいる君のお父さんに顔向けできない」

アンドリーは食い下がった。

「でも、ドローンなら遠くから飛ばせますから、敵の砲弾は届かないじゃないですか。お願いです、是非、入隊させて下さい。ポーランドに逃げたくなんかありません！」

「そうじゃあないんだ。敵は152ミリ榴弾砲を持ち出して来たんだ」

スラバ隊長は三本目のタバコに火をつけ終わると、面倒くさそうに説明してくれた。

152ミリ榴弾砲というのは、射程が十キロ以上あり、ドローンの飛行可能距離を超える。それをロシア軍は無差別に、雨あられと撃ちまくるから、当たるか当たらないかは『その日の運次第』だと言うのだった。

「何しろ、ロシア軍の火力は、我々の十倍も二十倍もあるんだ。私が今、こうして話ができるのも、ただ単に、運がいいだけなんだ。その運も今すぐ尽きるかもしれない」

隊長は枝の隙間から空を見上げた。まぶしそうに空を見上げる隊長の顔には疲労と苦悩がこびりついていた。隊長は、火をつけたばかりのタバコを地面に投げ捨てるとコンバットブーツで必要以上にぐいぐい踏み消した。

「ほら、あれを見ろ」

隊長は空を指差した。

「敵も我々のことを血眼になって探しているんだ」

隊長が指差す空の彼方には鷹のような小型飛行機がいた。

「あれはロシア軍の偵察用ドローン、オルラン10だ」

オルラン10というロシア軍が使うドローンは電動モーターではなく小型エンジンを使っているから、長時間、長距離の飛行が可能だということだった。

口を開けて敵のドローンを見ていたアンドリーだが、隊長が「おいっ、隠れろ！」と怒鳴ったので、慌てて木の陰に隠れた。機体が旋回して、こっちの方に向かって来たのだ。

隊長は「ちくしょう！　いまいましいやつだ、ペッ」と唾を吐いた。

こちらからドローンを撃ち落そうとして攻撃すると、その地点に向かってロシア軍が砲撃をしてくるので迂闊に攻撃できない、ということだった。アンドリーが身を潜めた地面には、タバコと一緒に踏み潰された蟻がのたうちまわっていた。

オルラン10は、そのうち向きを変え、飛び去って行った。

「隊長。それならドローン準備隊はどうでしょう？　俺の弟もそこでドローンの修理や組み立てをやってますぜ」

そう言ったのは、アンドリーのことを戦車でここまで連れて来てくれた兵士だった。

「え？　ドローン準備隊？」

アンドリーは顔を上げた。

「ん？　ああ、そうか、そうだったな。その手があったな」

隊長は腕組みを解きながら言った。

「じゃあ、この坊やをキーウまで送り届けてやってくれ。連絡は入れておく。その代わりにドローン兵をこっちに三名ばかり、できればその足で連れ帰って来てくれ」

「了解でさぁ」兵士は隊長に向かって素早く敬礼すると「じゃあ一緒に来な。ドローンボーイ」と言って、茂みの中からルノーの四輪駆動車を乗り出した。

車に乗り込もうとするアンドリーとミールに向かって「後方支援も立派な仕事だぞ。しっかりやってくれ」とスラバ隊長が声をかけた。


ルノーの四輪駆動車はキーウに向かって猛スピードで走った。

「あ、あの、ドローン準備隊って、どんなことをするところですか？」と聞いても、兵士はそっけなく「行きゃあわかるさ」と吐き捨てた。

「それより、この先もスマホの電源は切ったままにしておけ。そうしないと敵のドローンに爆撃されてお陀仏だぞ。常に空から監視されていると思え。わかったな」

アンドリーは車の窓から恐る恐る空を見上げた。

キーウに近づくにつれ検問の数が多くなってゆく。警備をする兵士の数も多くなり、チェックに要する時間も長くなる。検問を通過するたびに緊迫感の濃度が高くなる。

車の窓越しにジロジロ見られる度に、アンドリーは唾を飲み込んだ。

厳戒態勢のキーウは要塞都市と化していた。

市内に入る最後の検問で「車から下りろ」と言われて金属探知機を体に当てられ、ポケットに入れたスマホが反応し甲高い警告音がした時には心臓が止まりそうな気がした。

市内に入ると爆撃を受け破壊されたビルが多数あった。道路には戦車を防ぐための大きなブロックや、鉄骨を組み合わせた対戦車柵が無数に置いてある。トラムやトロリーバスを使ったバリケードまであった。それらを縫うようにルノーはゆっくりと進んだ。

アンドリーが暮らす村には高い建物はない。エレベーターすらない村役場がせいぜい三階建。アンドリーが通う学校も二階建てだ。ところがキーウは見上げるような建物ばかり。

しかし今、人口三百五十万の大都会だったキーウは、人々が逃げ出したせいで閑散としている。まばらにしか人がいないのだ。地面に座り込んで泣いている女の子がいた。

アンドリーは、ターシャじゃないのか？　と思って窓に張り付いた。

おもむろに兵士がカーラジオをつけると特別番組をやっていた。

その放送の中で、キーウの市長だという男が『国と家族を守るために死ぬ準備はできている』とインタビューに答えていた。

インタビューが終わると番組のエンディングで国歌『ウクライナは滅びず』が流れた。

「まったく大した奴だぜ。こいつはボクシング、ヘビー級のチャンピオンだったんだぜ。その上、国立大学の博士ときたもんだ。男はこうでなきゃな、な、坊や、お前もそう思うだろ？」

車を運転する兵士は「俺もやるぜ！」と、太い腕でハンドルを握りしめた。


目的地に到着したのは出発してから約五時間後、もう日が暮れる寸前だった。

着いた所はアンドリーが想像していたのとはかなり違った。軍隊の施設でも秘密基地でも何でもない、町外れにある単なる古びた工場の建物だった。入り口には古い旋盤や工作機械があり、卓球台まであった。しかし、奥に入るとアンドリーは思わず「うわっ、すごい！」と声を上げた。

様々なドローンが置いてあり、三十人くらいの人々がパソコンの前で黙々と作業をしている。軍服を着た兵士だけでなく私服の者もいる。ニューヨーク・ヤンキースの帽子を被った若い女性までいた。

「おお、来たか」と言いながら背広の軍服を着た小柄な年配の男が近づいて来た。どうやら、このドローン準備隊の隊長のようだ。アンドリーを連れてきた兵士が敬礼したが、その小柄な隊長は、あまり威厳が感じられない。アンドリーは「誰かに似ている？」と思ったが、思い出せない。ミールが唸ると、隊長は「ああ、びっくりした、なんだ犬も一緒か」と、後ずさった。

「兄ちゃん！」

スナック菓子を食べながらドローンの組み立て作業をしていた若い男が丸メガネを押し戻しながら立ちあがった。かなり太っている。

アンドリーをここまで連れてきた兵士が太った男と抱き合った。

「ディーブ、お前、少しやせたなぁ」

兵士が太った男の腹を撫でると、「いやぁ、そうでもないよ」と、太った男は、恥ずかしそうに頭を掻いた。

犬が苦手なのか、隊長は少し離れた場所から早口で命令を下した。

「スラバ小隊長から聞いている。三人は無理だ。一名だけなら回せる。おい、ロスティ。行ってくれ。荷物をまとめたらすぐに出動しろ」

「了解です！」

ロスティと呼ばれた戦闘服を着た若い男が立ちあがり、隊長に向かって敬礼した。

荷物は、もうすでに準備していたようだった。ドローンが入ったケースや工具箱の他、ライフルまで背負っていた。その場にいた全員が立ち上がり、戦闘服を着た若い男に向かって「ロスティ、元気で」「生きて帰って来いよ」「死ぬなよ！」と口々に声をかけた。

両手一杯の荷物を抱えたロスティは「死んでたまるかよ、ロシアのクソどもをやっつけてやるぜ」と笑顔で応じた。

「じゃあな、ドローンボーイ。ディーブ、元気でやれよ」

「え？！　兄ちゃん、もう行くの？」

「仕方ないだろう、任務だからな」

アンドリーを連れてきた兵士がそう言い残し、ロスティと一緒に部隊を出ようとすると、起立した全員が「ウクライナに栄光あれ！」と、二人の背中に向かって声を上げた。

二人を見送った隊長は、アンドリーの方を向くと「スラバ隊長から聞いたが君が例のドローンボーイか。じゃあディーブお前が面倒を見てやれ」

と言って、すぐに立ち去った。

ディーブという太った兵士は、お菓子の袋に手を入れ、スナックを口に放り込むと指先を舐め、軍服で指を拭ってから「僕、ディーブ。よろしく」と右手を差し出した。

「ぼ、僕はアンドリーです。アンディでいいです。よろしくお願いします」

握手をして、お互い自己紹介をしたが、二十歳になったばかりだというディーブは少し照れ屋のようだった。ウクライナの義務教育である十一年生を終え、何年か工作機械の整備工場で働いていたらしい。ロシア軍が侵攻して来る前年の秋、徴兵勧誘されて入隊したということだった。ということは、軍歴はまだ半年ぐらいのはずだ。

「メガネをかけて太っているし、少しトロいから、このドローン準備隊に回されたんだ」

と、頭を掻きながら説明してくれた。

また「誰かに似ている」と思ったが、それはすぐに分かった。ピエロだ。

びっくりしたようなつぶらな黒い瞳に大きな丸メガネ。赤い団子鼻。軍服が似合わない。立っているとピエロだが、座ってお菓子を食べている姿は、縫いぐるみの熊にも見える。

アンドリーは緊張ではちきれそうになっていた胸の風船にスマイルマークの落書きでもされた気分だった。このディーブという男は、アンドリーより五歳も年上なのに全然威圧感がない。それどころかディーブの顔を見ているとこっちまで笑顔になってしまう。

アンドリーはあっという間にこのドローン準備隊に溶け込めそうな気がした。

「あ、それと、こいつはミールです。僕をロシア兵から助けてくれたんです」

「そうか、お前は立派なミリタリー・ドッグだな、ほらこれ」

腰をかがめたディーブは、スナック菓子をミールに食べさせながら喋った。

「僕はラジコン飛行機が趣味なので、この仕事がぴったりなんだ。兄ちゃんから聞いたけど。君はもうドローンが飛ばせるんだよね？」

「あ、はいっ、マビックなら飛ばせます」

「敬語はいいよ。それに、ここは軍隊みたいな厳しい上下関係はないいんだ。特に、民兵はね。じゃあ、アンディ、早速仕事を教えるからね」

ディーブは、所狭しとドローンが置いてある作業机に案内してくれた。

「ほら、今日からここが君の席だ。僕の隣だよ」

椅子に腰掛けたアンドリーは、ほっと安堵のため息をついた。とりあえず、やっと自分の居場所を確保できたのだ。仕事は、パソコンを使ってドローンの心臓部と言われるメインコンピューターにアクセスし、ソフトウェアをハッキングし、書き換えることだった。ＩＭＵと呼ばれるこのドローンのメインコンピューターには加速度センサーや姿勢制御装置などが組み込まれている。市販のドローンは空港や軍事施設の上空に侵入しないよう、あらかじめセッティングしてある。しかし、それではこの戦争という非常事態で使い物にならない。そこで、そのリミッターを全て解除するのだ。ハッキングというと難しく感じたが、やることは簡単だった。パソコンとドローンをケーブルで繋ぎ、ソフトの、とある箇所にチェックを入れていくだけの単純作業だった。

ウクライナの大統領がＳＮＳや世界中のメディアに呼びかけた結果『ドロネーション』と言われる現象が起こった。「提供」という意味の「ドネーション」と「ドローン」を掛け合わせた造語だ。

ウクライナ国内だけでなく世界中から、中古新品を問わず、膨大な量のドローンが送られて来たのだ。ラジコンヘリやラジコン飛行機まで送られて来た。「わるいやつらを、これでやっつけてください」と幼い字で書かれた手紙が同封された子供向けのトイ・ドローンまであった。

前線で破壊されたドローンも持ち込まれていた。部品を取り、修理し、再生するのだ。

まさしくここはドローン工場なのだが、組み立てや修理ばかりではない。近所の空き地で、組み上げたドローンのテスト飛行や操縦訓練も行われているということだった。

「今や、ドローン部隊は、最前線の目となって戦争の勝敗を左右する、とても大事な部隊なんだ。ここは工場、兼、学校みたいな所さ」

と、ディーブは胸とお腹を突き出した。

もうすっかり夜だというのに「これからテスト飛行に行く」と言って出かける者がいた。

何でも「カメラをサーモカメラに交換したから、その実験をする。これが成功すれば、夜でも森に隠れた敵を発見できる」ということだった。

別の場所にあるドローン準備隊とは常時オンラインで繋がっていて情報共有をしているということだった。分からないことがあれば、別の部署の誰かが、すぐに答えを教えてくれる。それでも解決できなかった場合は、世界中にいるドローンの専門家やマニアなどに問い合わせてみるそうだ。

「今や、世界中のみんなが、僕たちを応援してくれているのさ」

ディーブが隣の女性のパソコン画面を指差した。画面には、耳だけでなく鼻にもピアスをした軽薄そうな男が小型のドローンを持ってあれこれと女性に説明していた。ニューヨーク・ヤンキースの帽子を被っていた女性は英語で「ふんふん、ああそう、そうなの、ところでこれは？　ああそう、オッケー、わかったわ、ありがとう！」と言うと、画面の男に親指を立てた。

画面の男は『あ、ちょっと待って。戦争が終わったら、アメリカにおいでよ』と、ナンパしている。

「そうね、じゃあ勝ったら行くわ！　そっちの大統領に、武器をジャンジャン送ってって頼んでみて。プレデターなんて送ってくれたら最高だわ。私、ぶっ飛んじゃうわよ！」

ヤンキースの女性は画面に向かってウインクした。

『オッケー！　やってみるよ！　あ、ちょっと……』

画面が切れた。その女性はヤンキースの帽子を外すと、ウクライナ語で「ああ疲れた、ふぅ」と大きくため息をついた。

ディーブはスナック菓子の袋に手を突っ込みながら言った。

「アンディ、君も、分からないことがあったら、誰にでも、気軽に質問していいんだよ。そして、もし、いいアイデアを思いついたら、すぐに誰かに伝えるんだ」

「あ、はい、わかりました。あ、あの、犬に、何か食べ物をやってもいいですか？」

アンドリーがディーブに訊くと、「お腹すかしてるの？」とヤンキースの女性が立ちあがった。

「肋骨が折れていますから」と言うと、女性は「可哀想に……」とつぶやき、ドッグフードに牛乳を入れてミールに与えた。ミールは餌を食べようとしたが、なかなか飲み込めない。餌が牙の隙間からこぼれ落ちる。

「あの、プレデターって何ですか？」とアンドリーが尋ねると「世界最高の攻撃型ドローンよ」と女性は答え「私、ソフィア。よろしくね、ソフィでいいわ」と言いながらミールが食べやすいように、餌を入れた皿を少し持ち上げた。飲み込みやすくなったのか、ミールはガツガツと餌を食べた。

「そんなすごいドローンを本当に送ってくれるんですか？」

ソフィアは「そんなに慌てて食べなくていいんだよ」とミールの背中をゆっくりと撫で続けながら言った。

「アメリカって国はね、たった一人の命を救うために、軍隊を出すこともあるの。ダメもとで頼んでいれば、いつかきっと大統領の耳に入るわ。ケチでスケベなフランス人やイタリア人とは大違いよ。この前なんて、イタリア人の男に丸々一日かけて頼んで、やっと届いたのが、中古のファントム一台だけよ。やんなっちゃうわ」

ミールが餌を食べ終わっても、ソフィアはミールを撫でながら喋り続けた。

戦争が始まる前、ソフィアは十五歳の頃から家計を支えるためモデル事務所に所属し、ロンドン、パリ、ミラノ、ニューヨークなど世界中を飛び回っていたらしい。

「コロナになり仕事が減ったのでウクライナに戻った途端この戦争になっちゃったのよ」

と笑いながら嘆いた。

今はこの部隊でボランティアで働いているということだった。犬が大好きみたいだ。

「おいで、ミール。あんた臭いから、こっちで洗ってあげるわ」

と、ミールを部屋の隅に連れて行った。ミールはもうすっかりソフィアに懐いていた。

「ああ、お腹がすいた、腹ペコで死にそうだ。僕たちも何か食べよう」

ディーブがお湯を注いで即席のカップ麺を作ってくれたので、二人で一緒に食べた。それは支援物資らしい。不思議な味がするアジアの国のスパゲッティみたいな食べ物だった。

ディーブはビッグサイズのカップ麺をペロッと二個も平らげた。

しばらくするとソフィアがミールを連れて戻って来た。洗われて戻ってきたミールは毛が濡れているので痩せているのがよくわかかった。

「綺麗になったわ。大丈夫、あばら骨は、もう繋がっていると思うわ。今は獣医さんだって野戦病院に駆り出されて人間相手の医者をしているくらいだからね」

ソフィアの話では、キーウ郊外の街イルピンにあるソフィアの実家で飼っていた犬は、ロシア軍の砲撃を受けて焼け死んだらしい。

「ホット・ドッグよ。あんたも気をつけないとロシア兵に食べられちゃうわよ」

ソフィアはミールをタオルで拭きながら言った。

「そうなんだよ、ロシア兵は犬を食べるんだ」

ディーブが自分のお腹を撫でながら言った。ディーブの話では、非常食すら持って来なかったロシア兵は、犬を殺して食べたということだった。

ミールをドライヤーで乾かしながら、ソフィアは語った。

「私、この戦争がおわったらペットサロンをオープンしてトリマーになるのが夢なの」

やっとアンドリーが食べ終わると「じゃあ僕たちはそろそろ寝よう」とディーブが立ちあがった。

ふと壁の時計を見ると、もう深夜零時を過ぎていた。

工場の二階が宿舎だった。二階に上がり、廊下の窓から外を見たが、街は真っ暗だった。

「灯火管制をしてるんだよ。なるべく窓には近づかない方がいいからね」

薄暗がりの中、ディーブは手探りで部屋のドアを開けた。

アンドリーが部屋に入り、ディーブがドアを閉めようとすると、慌ててミールが入って来た。ディーブはドアを閉めてから電気を点けた。

部屋の窓にも明かりが漏れないようにするための目張りがしてあった。

以前は工場で働く工員が使っていたのだろう。ベッドが二組置いてある。狭い部屋の中には、ラジコン飛行機が数台置いてあった。

部屋に入ると、ディーブは軍服を脱ぎ、私服に着替えた。私服のディーブは、少し太ってメガネをかけた、どこにでもいそうな普通の青年だった。

ディーブは、さっきカップ麺を二個も食べたばかりなのに、またスナック菓子を食べ始めた。ラジコン飛行機が趣味だと言うディーブは、ミリタリーマニアでもあるようで、武器やドローンのことにやたら詳しい。

ベッドに入っても、お菓子を食べながら軍隊のことや兵器のことなどあれこれとアンドリーに教えてくれた。このドローン準備隊はウクライナ陸軍に所属するらしい。

ディーブは脱いだ軍服のワッペンを「ほらこれ」と指差した。

「二本の剣がX字型に交わったものが陸軍。空軍の紋章は剣に翼が生えているんだよ」

隊長や兵隊の身分を示す階級章の見分け方も教えてくれた。

「僕は一番下っ端の二等兵だ。出世なんてする気はない。この戦争が終わったら、すぐに辞めて田舎に帰るつもりだ。父さんの仇は打ちたいけど、そんなことしたってきりがないからね」

ディーブは手に持ったラジコン飛行機のプロペラをくるくると回しながら言った。

「父さんの仇って、ディーブのお父さんは、どうかしたの?」

アンドリーの質問には答えず、ディーブはラジコン飛行機を置くと、大あくびをしながら横になり、すぐにイビキを立て始めた。

アンドリーもベッドに寝転んだ。しかし、疲れているのになかなか寝付けない。

ディーブのイビキのせいじゃない。目を閉じるとあのロシア兵がまぶたに浮かんで来るのだ。いつまで経っても眠れない。イライラする。

目張りの隙間から朝日が差し込む頃、やっと眠りに落ちたと思ったら、あのロシア兵に「ペニスをしゃぶれ」と強要され失禁する悪夢を見て飛び起きた。

「アンディ、すごくうなされていたよ。それに、歯ぎしりの音もすごかった。何かあったの？」

アンドリーはすぐに自分の股間を確認したが、乾いていることにほっとした。

昨夜アンドリーはディーブに「ロシア兵に両親が殺され、妹が連行された」とだけ簡単に話した。「ズボンを脱いで尻をこっちに突き出せ」と言われ、犯されかけた。ましてや恐怖のあまり失禁しただなんて、恥ずかしくて絶対に言えなかった。

階下に下りていくと、ソフィアが作業机に突っ伏したまま居眠りしていた。

昨夜からずっと仕事をしている人は皆、目が充血している。その中に混ざって、昨日は居なかった老人がいた。腰が曲がった老人は、あづき色のベレー帽を被っている。よく見るとベレー帽にはウクライナ陸軍のワッペンと小さな勲章が付いていた。老人はみんなから「サージェント」と呼ばれているが、退役軍人のお爺さんだった。その爺さんは、旧ソ連やロシア陸軍の兵器に精通していた。戦車や装甲車の種類はもちろん、エンジン音やキャタピラの駆動音まで聞き分けることができると豪語した。

「T72が砲弾や燃料を満載している場合はゴゴゴと地面を削るような音を立てる。空だとグググと軽々しい音を立てる。分かるか？　お嬢さん」

サージェント爺さんは、偵察衛星から撮った写真を見ただけで戦車や装甲車の種類を言い当てることができた。アンドリーにはどれも単なる四角い点にしかみえない。

「このYの字型はバカでもわかる。152ミリ牽引式榴弾砲じゃ。でも牽引中はフットが折りたたまれるから一直線になるぞ。この砲筒が長いのは戦車とそっくりじゃが、ちょっと違う。戦車ではない、自走式榴弾砲のムスタBじゃ。この砲台が小さいのはBMP2という歩兵戦闘車じゃ。こいつはT64、こいつはT72。こいつはちょっと見分けるのが難しいぞ。こっちが歩兵戦闘車BMP1で、こっちの装甲されているやつがBTR60装甲兵員輸送車じゃ」

なんとサージェント爺さんは、潅木の茂みから突き出した砲筒の先だけ見ても、それがどの種類の戦車かを言い当てた。

「いいか、外観だけじゃなく、キャタピラ痕や砲撃音も頭に入れなければいかんぞ」

『ロシア軍兵器図鑑』という本を片手に持ったまま爺さんの話を聞いていたソフィアは、パソコン画面に向かって怒鳴った。

「なるべく早く戦車や装甲車を色んな角度から撮って送って頂戴。写真だけじゃなく音もね。アイドリングのエンジン音と走行中の音。できれば砲撃音も！」

ソフィアは、そのお爺さんの知識を加え、兵器図鑑をデータベース化しようとしていた。

今や、ほぼ全ての兵士がスマホやタブレットを持っている。それにロシア軍の兵器のあらゆる情報を網羅したデータを入れようと躍起になっているのだった。この『ドローン準備隊』は、さながらマルシェみたいな騒々しさだった。アンドリーは早速、昨夜習った作業を開始した。

新品のドローンを箱から出し、すぐ飛べるようにセッティングし、電波増幅ブースターを取り付け強化アンテナを自作する。壊れたドローンは修理する。中古のバッテリーは疲労度をチェックし、使い物になる物とそうでない物の選別をする。やらなくてはいけないことは山ほどあった。

しばらく経つと、この場には不似合いな、ふくよかなおばさんがやって来て、エプロンをつけて料理を始めた。ここで働いている人たちに食事を用意するのだ。

ウクライナ人は親しい人にすぐニックネームを付けたがる。おばさんは「玉ねぎおばさん《ツボーリャ・ティーブカ》」と呼ばれていた。頭の上で丸く束ねた茶髪が玉ねぎみたいなのだ。

「夫が戦地に行ったから、ひとりで家にいると気が変になりそうなのよ」などと、玉ねぎを刻んでいる時もジャガイモの皮むきをしている時もマシンガンのように喋りまくる。

まるでテレビの料理番組に出るおばさんみたいだ。でき上がったサンドウィッチが卓球台の上に山積みされてゆく。「ミニキッチンなので大した料理はできないわ」と言いながら、他にも、うまそうなハッシュポテトやクロケットが大量にでき上がっていった。早速、ディーブがつまみ食いをした。玉ねぎおばさんは、お喋りと笑顔が絶えない。そのうち仲間のおばさんたちも応援にやって来た。尻尾を垂らしたミールがのそのそ歩いて行くと、おばさんたちはガチョウの大群みたいな騒々しさになった。ミールは大歓迎され、食べ物を貰い、千切れるように尻尾を振っていた。

「あなたを見ると、テレビドラマで中国のお姫様が象牙のチョップスティックを使ってお米を食べていたのを思い出すわ」

玉ねぎおばさんがドローンの分解作業をするアンドリーを見て言った。何のことだろう、また女と間違えられたのか？　と思ったアンドリーが顔を上げると、おばさんはアンドリーの手元を見ていた。

午後、アンドリーはディーブが運転する車に乗って、組み上げたドローンのテスト飛行に出かけた。キーウの南東、ボルィースピリ空港近くにあるドニエプル川に流れ込む支流の河原がテスト飛行場だった。

ディーブはドローンだけでなく、ラジコン飛行機を持って来て飛ばした。アンドリーにも飛ばし方を教えてくれた。垂直に離着陸できるドローンと違って、飛行機の操縦はかなり難しかった。ドローンはホバリングして空中で止まることができる。バックすることも、直角に曲がることも、垂直上昇も下降も自由自在だ。しかし飛行機はそうはいかない。特に離着陸が難しかった。しかし、アンドリーはすっかりラジコン飛行機の虜になった。毎日、ドローンのテスト飛行のたびに、二人並んでラジコン飛行機を飛ばすようになり、数日経つとタンデム飛行やアクロバット飛行もできるようになった。

飛行機を北の方向に飛ばしながらディーブがつぶやいた。

「ああ、これに爆弾を載せてモスクワまで飛ばせたらいいなあ。クレムリンをぶっ壊せたら戦争がおわるのになあ……」

ディーブの話では、お父さんはキーウ郊外にあるホストーメリ空港で飛行機の整備士をしていたが、二月二四日に行われたロシア軍の先制攻撃で亡くなったそうだ。あの世界最大の航空機であるアントノフ225、通称ムリーヤ（ウクライナ語で『夢』）がある空港にいきなりミサイルを撃ち込んだのだ。ムリーヤはウクライナ人の誇りだった。ロシア軍は真っ先にウクライナの夢と誇りを破壊したのだ。

「本当はパイロットになりたかったみたいだけどね……」

ディーブは力なく笑った。ラジコン飛行機はお父さんに教えてもらったそうだ。

お母さんとお姉さんは国外に脱出したので大丈夫だと笑ったが、「いつ帰ってこれるのかな……」とまた小さくつぶやき、飛行機をUターンさせ、そっと着陸させた。

数日も経つと、アンドリーはドローンの構造を熟知し、簡単な修理やセッティングだけでなく、完全に分解して組み上げることもできるようになった。

ドローン準備隊は学校の機能も持ち合わせていた。ドローン兵の志願者に操縦を教えるのだ。ディーブとアンドリーはドローンの扱い方や操縦方法を教える教官の役目を担わされた。志願者は若者だけではなく、おじさんも大勢いた。その兵士たちに子供のアンドリーが手取り足取り教えるのだ。

ある日の操縦練習中、ディーブが叫んだ。

「うわっ！　アルファだ！」

兵士の腕にトライデント（三叉の槍）と狼のワッペンが貼ってあったのだ。

アルファはウクライナ軍の特殊部隊。過酷な訓練とテストを勝ち抜いた選りすぐりのエリート兵士だ。特殊部隊は兵士たちの憧れの的。そのエリート兵士に、ディーブとアンドリーがドローンの操縦を教えているのだ。

顔を覆い隠す目出し帽を被っていた特殊部隊の兵士はサングラスを外して言った。

「よし、もうわかった。大丈夫だ。飛ばせるぞ。今や、こいつがないと前線で戦えないんだ。ありがとよ。ドローンボーイズ！」

さすがにアルファの隊員、たったの半日練習しただけで何もかも理解し、戦場へと戻って行った。

毎日の仕事は充実していた。おばさんたちが作ってくれる料理も最高に美味しかった。ディーブやソフィアという友だちもできた。アンドリーにとって、戦時中とは思えないほど楽しい毎日だった。できれば、このままロシア兵に対するに憎しみを忘れ去りたかった。しかし、毎夜見るあのロシア兵の悪夢がそれを許さなかった。両親を殺したロシア兵が、アンドリーだけでなく、泣き叫ぶターシャまでレイプするのだ。

アンドリーの不眠症が酷くなるように戦況もじりじりと悪化した。

ウクライナ南部のヘルソン州は、クリミア半島から押し寄せた大軍によって完全に占拠され、ドンバス地方と呼ばれる東部のドネツクとルハンスク州も、危ないという報が届いた時には重苦しい空気が立ち込めた。

中でもロスティが戦死したという知らせが届いた時には部隊全体が沈痛な空気に包まれ、皆が黙り込んだ。あの「死んでたまるかよ、ロシアのクソどもをやっつけてやるぜ」と笑って出て行ったドローン兵だ。

不幸な知らせが届くたびに、しばらくの間、悲しみが皆を沈黙させる。そんな時には誰かが必ず『ウクライナは滅びず』を歌い始める。

すると、全員が一斉に起立して唱和した。アンドリーも慌てて立ち上がって歌った。

♫　ウクライナは未だ滅びず　その栄光も自由も
♫　同胞よ　運命は再び我らに微笑むだろう
♫　我らの敵は太陽の下の露の如く消え失せよう
♫　我らが自由の土地を自らの手で治めるのだ
♫　自由のために身も心も捧げよう
♫　今こそコザック民族の血を示す時だ

アンドリーは歌いながら壁際に積み上げられたドローンの山を見て考えていた。

例のドローネーションによって世界中から送られて来たドローンだが、玩具のドローンや初期型のファントムなど、使い物にならない物が大半だった。

初期型のファントムにはカメラが内蔵されていない。その上、すぐに故障して制御不能になったり、墜落したりする。つまり使い物にならないガラクタの山だ。

「あっ！　そうだっ！」

アンドリーはいいことを思いついた。ガラクタでもポンコツでも整備すれば、どうにか飛ばすことはできる。一旦、空に飛び上がれば、まともなドローンなのかガラクタなのか、見分けはつかない。敵がドローンを発見すると、放っておくわけにはいかない。

つまり、ドローンを撃墜しようとして、敵が弾を無駄撃ちするだろう、と考えたのだ。

国歌を歌い終わると、アンドリーは早速、ディーブに話した。

「ディーブは、この前、ドローンは蚊みたいな物さ、って言っただろう。だから思いついたんだ」

「あ、そうか、なるほど」と大きくうなずいたディーブは、すぐに隊長に提案した。

「隊長。小さなドローンを撃ち落とすのは、飛んでいる蚊やハエをピストルで撃ち落とすことと同じくらい難しいです。敵の弾薬を浪費させることができます」

腕組みした隊長は首を傾げて黙り込んだ。

隊長はドローンの専門家ではない。話の意味をあまり理解していないようだった。

隊長は首を傾げたまま、司令本部と連絡を取り始めた。

数分のオンライン協議の結果、本部からのゴーサインが下命された。

「僕が考えたアイデアです。僕に行かせて下さいっ！」とアンドリーが言うと、隊長は「ダメだ。そんなこと許可できるわけない」と首を横に振った。

「ディーブ、お前が行け。お前のお兄さんの部隊と合流するんだ。この前、ロスティがやられたからな。その補充だ。すぐに準備しろ」

ディーブは反射的に敬礼し「イエッサ」と短く答えた。

アンドリーは急に不安になった。眉根を寄せるアンドリーにディーブは笑いかけた。

「仕方がないよ。隊長にはアンディと同じ歳の息子さんがいるんだ。それに僕は正規兵だから命令には従わなきゃいけないんだ」

「ごめんね、僕が余計なこと言ったから」

「心配ない、大丈夫だよ。兄ちゃんがいるから。それよりアンディ、準備を手伝ってくれ」

アンドリーとディーブは、ガラクタドローンの整備に取り掛かった。

夜の十時を過ぎる頃、ディーブを迎えに来たのは装甲された兵員輸送車だった。アンドリーはサージェント爺さんから兵器の見分け方を教わっていた。鉄蓋がある変形の窓ガラスが前方にあり、タイヤが片側四個、合計八輪だからＢＴＲ４、水陸両用装甲車だ。

ＢＴＲ４の後部扉が開くと、他にも兵士が数名乗っていた。

荷室に、ありったけのガラクタドローンを積み込んだ。

座席に座ったディーブは、両手でしっかりとカラシニコフを握りしめた。

「もし僕に何かあったらラジコン飛行機は全部アンディにあげるよ。父さんの形見だし」

「そ、そそ、そんなぁ、ディーブ……」

ミールも尻尾を垂れ、別れを惜しむように遠吠えをした。

アンドリーは何て声をかけたらいいか分からず「忘れ物はない?」と訊いた。ディーブは「あっ、いけねっ！　変圧器を忘れたっ」と叫ぶと慌てて飛び出し駆け出した。

現場ではバッテリーの充電が全てなのだ。これはドローンだけでなく、コントローラーやスマホやタブレット端末やパソコンなど、あらゆるものが電化されているからだ。

前線に発電機があればいいが、それがない場合も多い。そんな時には車や装甲車のバッテリーで充電しなくてはいけない。車や装甲車は12Vや24Vなどのバッテリーを使っているから変圧器は必需品なのだ。これがあれば、最悪、自転車の発電機からでも微弱電流が取り出せる。

四月のキーウの夜はまだ寒いのに、ディーブは汗をかいて戻って来た。

ディーブは「あぶないところだった、アンディありがとう」と言いながら急いで乗り込んだ。すぐにガシャン！　と大きな音を立てて観音開きの鉄製ドアが閉じられた。夜間外出禁止令が出された街はゴーストタウンのように暗く静まり返っている。真っ暗な街をサーチライトで照らしたBTR4は八輪のタイヤを軋ませ走り去った。

走り去る八輪車が不気味なムカデに思え、アンドリーは身震いした。

数日後、ディーブが行った北部方面の守備隊から戦況報告が届いた。

ドローン準備隊の隊長が「ほらこれ。見てみろ」と画面を指差した。写真には誰もいない畑に砲弾で空いた黒い穴が無数に写っていた。まるで月面のクレーターだ。

うろうろと蚊のように飛び回る小型ドローンに慌てふためいたロシア軍は、それを撃ち落とすために、ありとあらゆる砲弾を撃ちまくったのだ。

榴弾砲だけでなく地対空ミサイルまで使った。ロシア軍の地対空ミサイルＳ３００は三百万グリブナ（日本円で約一千万円）だ。廃棄処分される予定だったタダ同然のガラクタドローンがロシア軍の高価なミサイルを大量に消費させたのだ。

その作戦は「コマール戦法《モスキート》」と呼ばれ、すぐに各本面で展開された。

しかし、何日経ってもロシア軍の砲撃は止むことはなく、昼夜問わず、雨あられと降りそそいだ。永遠に続くのではないかと思われるロシア軍の砲撃で、ウクライナ軍は、じりじりと退却を余儀なくされていった。

ディーブからの連絡はない。アンドリーは心配と不安ではち切れそうだった。

あのロシア兵の悪夢に加えて、ディーブが戦死するシーンまで思い浮かんで眠れない。

次第にアンドリーは夢遊病者のようになった。真夜中でもふらふらと階下に下りていっては、ドローンの組み立て作業をするのが日課になった。

「アンディ、大丈夫なの？　すごい目をしてるわ。ちゃんと寝なきゃだめよ」

ソフィアは心配そうに声をかけてくれたが、ソフィアの方こそ目の下にクマができている。ソフィアだけでなく、他にも、一体いつ寝ているのだろう？　と思うほど、みんなよく働いていた。

アンドリーは作業の合間に、前線にいる兵士が時々ＳＮＳで状況を発信しているのをチェックした。ディーブのことが少しでも分かるのではないかと思った。

ネットサーフィンするうち、アンドリーは『ベリング・キャット』の存在を知った。

ベリング・キャットとはＯＳＩＮＴ《オープン・ソース・インテリジェンス》と呼ばれる、ウェブなどに公開された情報を元に国家的な嘘や犯罪を暴き出す民間グループのことだ。２０１４年にウクライナ東部で起こったマレーシア航空１７便墜落事件が、ロシア軍のミサイル攻撃だと突き止めたのがこのベリング・キャットだ。

アンドリーには子どもの頃の出来事だったけど、墜落したのがアンドリーの村からそんなに遠くない場所だったので、村中が大騒ぎになった。

アンドリーは、その事件のことをよく覚えている。マレーシアの航空会社だけど、アムステルダム発の便だったからオランダ人の乗客が多かった。送られて来る義援物資に、オランダからの物が多いのは、その時のロシアに対する恨みなのだろう。

アンドリーはダメもとでベリング・キャットに『ディーブを探して欲しい』と書いて、メールを出してみた。すると意外にも『いいよ、やってみる』と返事が来た。

アンドリーはディーブのＩＤと所属部隊と配属先を書き、写真と一緒に送った。

それからあと二つ、『あのロシア兵を探して欲しい』と『妹を探して欲しい』と、お願いをした。

男の特徴と、盗まれた父のラーダと、母の車、ファビアの色やナンバーの情報を伝えた。

もちろん、ターシャの写真も送った。

その間も、じわじわとウクライナ軍劣勢のニュースが届くたび、隊は沈痛なムードに覆われた。

しかし四月十三日、久々に明るいビッグニュースが飛び込んで来た。

『戦艦モスクワを撃沈した！』という知らせだった。部隊は歓喜の渦に包まれた。

モスクワは、ロシア海軍の象徴、黒海艦隊の旗艦でありロシアの誇りといえる主力艦だ。ウクライナ軍の地対艦ミサイル、ネプチューンが命中し沈没させたのだった。

しかし喜んだのもつかの間、あくる日には最悪の知らせが届いた。

スラバ隊長率いる守備隊が壊滅したという報告だった。ディーブが派遣された隊だ。

電話で連絡を受けた隊長は、そのことを皆に報告すると、がっくりと肩を落とし、沈痛な面持ちをして首を横に振った。隊長の説明をすぐには理解できなかったアンドリーは、きょとんとした顔のまま部隊の人たちを見回した。ソフィアは震える手でヤンキースの帽子を目深に被り直した。帽子のつばから一筋の光るものが流れ落ちた。玉ねぎおばさんが「おお、神よ……」と言ったきり、包丁を握りしめたままへたり込んだ。床にジャガイモが落ち、アンドリーの足元まで転がって来た。

マルシェのように賑やかだった部隊が完全に静まり返った。

「え、なに？　何が起こったの？　部隊が壊滅？　うそだ、嘘でしょ？」

アンドリーは玉ねぎおばさん、隊長、ソフィア、他の隊員たち、順番に尋ね歩いた。

「ディーブが死んだの？」

誰かに「嘘だよ」「冗談だよ」と言って欲しかった。だが、誰もが目を閉じ、首を横に振った。

今度ばかりはいつまで経っても誰もウクライナ国歌を歌い始めない。

しばらくして、やっと誰かが歌い始めたと思ったら声が出ず、すぐ嗚咽に変わった。

アンドリーは部屋を飛び出し駆け出した。あのドローン練習場だ。ディーブと一緒にラジコン飛行機を飛ばした思い出の場所だ。

河原に向かって全力で走った。溢れ出そうになる涙を走ることで堪えようとした。

低く垂れ込めた灰色の空。空気が重い。水中を走っているようだ。泥人形になった自分が足から溶けてゆく気がする。車の音や街の喧騒が嘲笑に聞こえる。風に揺られた木々の葉までせせら笑っているような気分だ。呼吸をするたび胸が張り裂けそうになる。

「僕があんな浅はかなアイデアを思いついたせいでディーブが死んだんだ！」

涙がにじみ出てきた。しかし『もう二度と泣かない』と両親の墓に誓ったのだ。

「ちくしょう！」

土手に駆け上がったアンドリーは小さな石を拾って人の頭くらいの大きさの石に叩きつけた。何度も何度も石を打ち付けた。膝間づいて思いっきり叩きつけた。

アンドリーは自分の頭を打ち付けたかった。この世で一番のバカは自分だと思った。

「ディーブが死んだのは僕のせいだっ！」

頭蓋骨が砕けるような音がした。大きな石は壊れず、アンドリーが持った石の方が真っ二つに割れた。割れた石の破片で指が切れ、血が流れ出た。

「おい、どうした？　どうかしたのか？」

肩で息をするアンドリーの側に立っていたのは腰の曲がった老人だった。あづき色のベレー帽を被っている。あの退役軍人のサージェント爺さんだ。爺さんは、持っている知識をすっかり教え終わったので、最近は隊に来ていなかった。

「ディーブが戦死しました」

アンドリーが涙を堪えて伝えると、爺さんは、ゆっくりと腰を下ろした。

「しかたがない、祖国のために勇敢に戦ったのだ」

爺さんは川の流れを見たまま独り言のように喋り始めた。

「お前さんも学校で習っただろう、この国の歴史を」

それはアンドリーもよく知っていた。太古からウクライナは侵略され、陵辱された屈辱の歴史を持っている。この辺り一帯はブラッドランズと呼ばれる流血地帯なのだ。

ウクライナの肥沃な黒土から流れ出る水は黒い。その黒い水が大河ドニエプル川となってクリミア半島のある黒海に流れ込む。爺さんは川を見たまま言った。

「黒海の水は海水ではない。血なのじゃ」

アンドリーは腐海《シュワージ》のことを思い出した。

クリミア半島の付け根、干潟になった場所は水の流れが悪く、夏になると腐臭が漂う。大量発生したプランクトンによって深紅に染まる腐海は『血の海』と呼ばれていた。

「年寄りが若者を戦地に送る。生き残った若者が歳をとる。その年寄りがまた若者を戦地に送る。戦いは永遠に続く」

「止める方法はないのですか」

アンドリーが訊くと、爺さんは「ない」と、はっきり言い切った。

「相手に勝つ以外にない。人が人である限り、戦争は誰にも止められないんじゃ。お前のその怒りを敵に向けろ。いいか、敵に勝つ以外、道はないのだ」

「僕はどうすればいいのですか？　体も小さいし、力もないし」

「人間が動物と違うのは、知恵があるということじゃ」

サージェント爺さんは川の方を向いたまま話した。

「ダビデとゴリアテの話は知っておるか？」

「あ、はい、小さいころ、絵本で読みました」

武装した巨人ゴリアテに、羊飼いの少年ダビデが投石機で打ち勝つ話だった。

「小さくて弱くても、頭を使え。頭を使えば必ず勝てる」

「でも僕はまだ十五歳なので戦場には行けません。このままじゃあゴリアテの前にも行けません。僕はいったい、どうすればいいんですか？　このままでは僕は腐ってしまいそうなんです」

「残念じゃが、わしには分からん。自分で考えることじゃ」

ふと気がつくとミールがいた。ずっと付いてきてアンドリーを見守っていたのだ。ミールの顔をオレンジ色の夕日が照らした。皺が刻まれたサージェント爺さんの目にも夕日が当たっている。老兵の顔は、百グリブナ紙幣に描かれたタラス・シェフチェンコに似ていた。農奴制に反対し、時のロシア皇帝ニコライ一世を批判する詩を書いて投獄されたウクライナでは誰でも知っている有名な詩人で画家だ。

爺さんは背中を丸めて大きくため息をついた。

夕日が地平線に沈んだ。爺さんの顔をオレンジ色に照らしていた光がなくなると、急に老兵の目は輝きを失い、使い古された銅貨のようになった。

「戦い抜いて、ふと気付いた時には、仲間の中に裏切り者がいる。英雄も歳をとると、いつのまにやら堕落していく……賄賂、汚職、腐敗……」

爺さんは急に痰が絡んだ咳をした。それっきり何も言わなくなった。

遥か遠く、キーウ市街地の方角から空襲警報が聞こえて来た。

西の空は血が乾くように、ゆっくりと赤黒く変わり、やがて闇が訪れた。

アンドリーはずっと色の変わる空を見つめていた。

夕闇の空に金星《ビーナス》が浮き上がったが、アンドリーには希望の星とは思えなかった。振り返ると、いつの間にか爺さんは立ち去っていた。

アンドリーは立ち上がろうとしたが、体が異常に重い。側に転がっていた木を拾って、どうにか立ち上がった。ミールが心配そうにアンドリーを見上げた。

「ミール、これから僕はどうすればいいんだ……」

アンドリーは木を杖にして、ゆっくりと歩き出した。

尻尾を垂らしたミールがとぼとぼと後をついてくる。

アンドリーは、自分がまだ十五歳だということが恨めしかった。

「マビックなら自分にも操縦できます。僕も前線に行かせて下さい」

今まで何度も、そう言って隊長に頼んだが、取りつく島もないどころか、その度に説教をされた。

「絶対にダメだ。十五歳の子供を戦場に出していることが知れたら、わしがクビになるだけじゃない。

世界中から糾弾される。つまり、西側の支援を得られなくなってしまうのだ」

どう考えても十五歳の自分が戦場に行く方法を思いつけない。

後方支援も大事な仕事だとは分かっているが悶々とする。憎しみの炎が消えない。

目を閉じると薄ら笑うあのロシア兵が憎しみの炎に油を注ぐ。

前線に行って自分自身の手で仇を取りたかった。それなのに仇を取るどころか、自分のせいで大切な友だちを亡くしてしまったのだ。

もう何もかもどうでもいい。体から空気が抜け完全に萎んでしまった。

第三章　ドネツ川の攻防

隊に戻るとアンドリーは腰を抜かすほど驚いた。

なんと、ディーブが防弾ベストを着たまま両手をだらりと垂らして椅子に座っていたのだ。ディーブは冬眠から目覚めたばかりの熊みたいに薄汚れていた。

「え⁉　嘘だろ？」

アンドリーは「ゾンビか幽霊かもしれない」と思った。別人のように頬がこけていたからだ。ミールが駆け寄り、千切れるように尻尾を振った。

他の隊員たちを見回すと、皆、クスクス笑っている。

ディーブは大きく深呼吸すると、防弾ベストにぶら下げた小さな人形を触って言った。

「こいつのおかげで命拾いしたんだよ」

人形は手榴弾より少し大きいドモヴォーイだった。

ドモヴォーイはウクライナでは古くから家の守り神とか精霊と言われる人形だ。

「森の中を歩いていた時、これが落ちていたんだ。それを僕が拾い上げようとしてしゃがんだ瞬間、後ろでドサッという音がして仲間が倒れた。狙撃兵に撃ち殺されたんだ。ロシアの狙撃兵は僕を狙っていたんだ……」

ディーブは大事そうにドモヴォーイを撫でた。少し前ここに戻って来たらしい。

ソフィアがミニキッチンに立って涙を流しながら玉ねぎを刻んでいる。玉ねぎを刻む包丁の音がリズミカルでなんだか楽しげだ。

ちょうどそこに玉ねぎおばさんがドアを開けて入って来た。

おばさんは「あらまあ、ディーブ！　あんた生きていたのかい」と言うと同時に手に持っていた野菜籠を落とした。ジャガイモやニンジンがゴロゴロと床に散乱した。

「おお、ディーブ！　こんなに痩せてしまって。私はあんたが死ぬわけないと思っていたんだよ」

おばさんは泣きながら座ったままのディーブの頭を抱きしめた。

「うう、や、やめてくれ、くく、苦しいっ！　ロシアの生物兵器だっ！」

ディーブが叫ぶと、部隊中が大爆笑の渦に包まれた。

おばさんが大きな胸をディーブの顔に押し付けたからだった。放心状態だったディーブの顔に赤みがさし、大きな丸メガネが鼻までずり落ちた。

ディーブはずり落ちた丸メガネをかけ直しながら言った。

「十五人いた小隊のうち、七人が戦死して、五人が負傷したんだ。部隊は壊滅したけど、僕は運が良かった。残念だけど、スラバ隊長は戦死した。敵の砲撃でやられたんだ」

「えっ?!　あ、あのスラバ隊長が?!」

アンドリーの笑顔は凍りつき、父とスラバ隊長のやりとりが頭に浮かんだ。

ディーブはドモヴォーイを外すと、防弾ベストを脱ぎ始めた。

気を取り直したアンドリーは手伝ったが、その重さに、思わず床に落としそうになった。

防弾ベストを脱いだディーブのお腹も、すっかり痩せ細っていた。

「あ、そうだ。ところで、お兄さんは？　ディーブのお兄さんは？」

「ああ、兄ちゃんも運がいいのか悪いのか、地雷を踏んで片足をやられた。でもちゃんと生きてる。今、病院で手当てを受けている。兄ちゃんはすごいんだ。『足がやられても両手が使えればドローンが飛ばせるだろう。退院したら教えてくれ』って僕に言うんだ」

ディーブは笑ったが、アンドリーは顔が引きつって笑えなかった。

生き残ったディーブは最配属までの間、十四日間の休暇が与えられたそうだが、ディーブには行く家もない。仕方なく、このドローン準備隊に戻って来たのだった。

「だってまだ、ラジコン飛行機とか私物を二階の部屋に置きっ放しだしね。ところでラジコン飛行機は墜落させてない？」

「そ、そりゃそうだよ。ディーブが出かけて行った時のままだよ」

「じゃあ、また一緒に飛ばそう！」

と、ディーブがまた笑った。顔が引きつっていたアンドリーも、「う、うん、飛ばそう！」と、無理して笑った。

ディーブには不思議な魅力があった。黙ってそこに居るだけで空気が和《なご》み、ほっこりする。太ったピエロというか、とぼけたドモヴォーイ人形みたいなのだ。太っていて少しとろい。しかし、どんなにドジを踏んでも絶対に死なない、ぬいぐるみのクマみたいなラッキーオーラが漂っている感じなのだ。玉ねぎおばさんはエプロンで涙をぬぐい、ソフィアと一緒にディーブが大好きなジャガイモのクロケットを作り始めた。


あくる日の朝、アンドリーとディーブが階下に下りて行くと、私服のディーブを見たソフィアが「あら、どうしたの、その格好？」と苦笑した。

痩せたせいで、だぶだぶのオーバーオールを着たディーブがまるでピエロみたいだったからだ。ソフィアは笑いを噛み殺しながら言った。

「あ、そうか、今日から休暇だったんだよね。それにしてもあなたのファッションセンス最高ね」

家を破壊され家族もバラバラになったディーブには休暇といっても帰るところはない。

ソフィアもアンドリーも同じだった。このドローン準備隊が我が家だった。

いつものように机について、ドローンのセッティングや修理を始めたアンドリーとディーブに向かってソフィアが言った。

「たまには休んだ方がいいんじゃない？　アンディ、あなたもひどい顔してるわ」

アンドリーの不眠症は治っていなかった。というよりディーブが出陣して以来、その不眠症に拍車がかかっていた。あのカマキリ男が出る夢に加え、ディーブが死ぬ夢に悩まされていたからだ。ここ最近アンドリーはドローンの組み立て中に何度もミスをしていた。作業中に睡魔が襲い、つい、うとうとしてしまうのだ。一昨日も大事な電子部品をショートさせ一台ダメにしてしまっていた。

それに、昨夜はディーブが生きて帰って来たので夜遅くまで話し込んでいた。ディーブが寝た後も、アンドリーはディーブの寝顔を見ながら朝までずっと起きていた。

くじらみたいなディーブの豪快なイビキが嬉しくてたまらなかった。

「ソフィ、君こそひどい顔をしているぞ。たまには休んだらどうだ」

と口を挟んだのはドローン準備隊の隊長さんだった。

「悪いが、タバコと髭剃りと歯磨き粉を買ってきてくれ。ほらこれ、お駄賃だ。三人で飯でも食って来い」

隊長は三千グリブナ（日本円で約一万円）財布から出したが、少し首を傾げ、二千グリブナだけソフィアに渡した。

戦艦モスクワの撃沈以来、西側からの武器支援が急速に増え、世界のムードが一変した。

開戦当初『ウクライナは数週間しかもたない』と言われていたのが、急に風向きが変わったのだ。英国の首相がキーウを電撃訪問して支援を約束し、アメリカはM777、155ミリ榴弾砲や対戦車ミサイルジャベリンなどを大量に供与してくれた。

『スイッチブレード』や『フェニックス・ゴースト』と呼ばれる最新の攻撃型自爆ドローンまで送ら

れて来ることになった。

何よりディーブの帰還が、このドローン準備隊に爽やかな初夏の風をもたらした。

キーウの市内は平静を取り戻しつつあるということだった。電気、ガス、水道、通信インフラは、ほぼ復旧し、商店やレストランなども営業を再開していた。

「そうね、私が作っていた兵器のデータベースもベータ版がもう完成したから三人でご飯でも食べに行こうか？　ちょっと待ってて」

ソフィアはそう言うとヤンキースの帽子をとって髪を梳かし化粧を始めた。

アンドリーもそうだがソフィアも正規兵ではない。ボランティアで働いている以上、いつ休みをとってもかまわないのだ。

化粧をして、目の下のクマも消えたソフィアは息を飲むほど綺麗だった。

「アンディ、あなたにもファンデ塗ってあげようか？」

ソフィアはいたずらっ子のような顔をしてアンドリーにウインクした。

「車で行こうよ」と言うディーブに、「遊びにガソリンを使うのは良くないわ。地下鉄で行きましょ」とソフィアは駅に向かった。

数十分後、着いた所は旧ソ連の時代に核シェルターとして作られた、世界一深い地下にあることで有名なアルセリーナ駅だった。

地下百メートルを超えるが、ホームに降り立ってみても深いという実感はない。その代わりにアンドリーはホームで暮らしている人々がいるのに驚いた。

段ボールを床に敷き、毛布を被っている家族連れが大勢いる。家を破壊され、行き場のない人や空襲に怯える人たちが身を寄せ合って暮らしているのだ。ターシャより小さな女の子や、老人や犬や猫までいた。

そんな姿を見ると、アンドリーは少し後ろめたい気分になった。アンドリーには、ドローン準備隊という居場所があるが、この人たちには帰る家すらないのだ。

エスカレーターに乗って、やっとその駅の深さが実感できた。地上へと一直線に伸びるエスカレーターは先が見えない。途中で振り返ると、地下は底なしの地獄に感じる。

このエスカレーターは、まさに天国への階段なのだが、空襲があると、逆に地下が天国というか、安全地帯になるのだ。

駅を出ると、ソフィアは「私が美味しい店を知っているから」と、マリインスキー公園の前を通り、独立広場の方向に向かって歩き出した。

途中、ソフィアは露店で花束を買った。多種多様な民族の混血率が高いせいで美人が多いと言われるウクライナの中でもソフィアは群を抜いていた。

「モデルの仕事を辞めたら、急に太った」と嘆くソフィアだが、Tシャツにジーパンで、特に着飾っているわけではないのに、花束を抱えたソフィアを道行く男たちが振り返る。

何のために花束を買ったのだろう、これから行くレストランの人へのお土産かな?

とアンドリーは思ったが、違った。

ソフィアは途中の道で立ち止まり、無数に写真が貼ってある壁に花束を立てかけると、目を閉じ、祈りを捧げた。その道は『天国の戦士通り』だったのだ。

目を開けたソフィアは一枚の写真を指差して「これ私のお父さんなの」とつぶやいた。

その壁は2014年にロシアがクリミア半島やドンバス地方を占拠した時に戦って亡くなった兵士たちの慰霊碑なのだった。数千枚もあるだろうか？　延々と続く写真が貼ってある塀の先には聖ミハイル黄金ドーム修道院が見えた。

戦士たちの写真を見ながらディーブがつぶやいた。

「僕の代わりに狙撃された兵士も、そのうちこの壁に貼られるのかな……」

ソフィアが連れて行ってくれたレストランは、独立広場の近くにある大衆食堂《スタローバヤ》の店『プザタハタ（満腹の館）』だった。激安で気楽な学生食堂みたいな店だ。

ビーツが入った真っ赤なボルシチ、プィリジキ《ピロシキ》、バターを鶏肉で包み衣を付けて揚げたチキンキーウ、ダンプリングの一種であるペリメニやヴァレーキニ、焼きたてのパンなど、三人はたらふく食べ、食後には紅茶にジャムを入れて飲んだ。

あまりも沢山、プレートいっぱいに取り過ぎたので食べ残してしまった。

残ったプィリジキをソフィアは「ミールに持って帰ってあげよう」とドギーバックに入れてテイクアウトした。

「あ、そういえば、チキン隊長に頼まれた買い物を忘れるところだったわ」

帰り際、三人はキーウの市街に買い物に出かけた。

『チキン隊長』とは、ドローン準備隊の隊長のことだった。

手を後ろで組んで、前傾姿勢でちょこまかと歩き回る隊長に初めて会った時、誰かに似ている、と思ったのは、ニワトリだったのだ。

「体もハートも小さいけど、人は良いのよね、あの隊長」

と、ソフィアは残ったお金を数えながらいたずらっぽく笑った。

アンドリーは、机についた隊長が頭を掻きむしっているのを見たことがあった。

その夜、アンドリーは床に書き損ねて丸めた手紙が転がっているのを見つけた。広げて見ると、そ

れはロスティの遺族に宛てた『戦死報告書』だった。タイプで打たれた『御子息は敵と勇敢に戦い、名誉の戦死を……』

といった定型文ではなく、一字一句、隊長が手書きで丁寧にロスティの部隊での日常生活や、人となりを語ろうとする内容だった。手紙には涙の跡までついていた。

そんな良い人の陰口を言うのは良くないな、と思ったアンドリーだが、ついついソフィアのジョークに乗っかってしまった。

「僕より背が低いから、チキン隊長というより、チック《ヒヨコ》隊長だね」

ディーブも悪ノリをして、ちょこまかと歩き回るチキン隊長の真似をした。

「あなたがやると、チキンというより、ペンギンだわ」

ソフィアが苦笑するとディーブも苦笑した。

三人とも大して面白くもない冗談で、無理して笑おうとしていた。

誰もが心に深い傷を持っている。一人で黙っていると気が変になりそうなのだ。

正気でいるためには、下らないジョークでも言って、笑わずにはいられないのだ。

笑いは、苦しみで腫れあがった小さな心臓を守る、ささやかな防弾ベストだった。

「ギルティ・シンドローム」という言葉が広がっていた。

逃げ回り、戦いに参加しない人々が罪悪感を感じ、自分を責めて苦しむのだ。

ブチャやイルピンの街では、掘り返された地中から数多くの遺体が発見されていた。民間人が拷問された後、虐殺されたのだ。地下室からは、レイプされ、殺された若い女性の遺体も多数発見された。

ブチャやイルピンはすぐそこ。ここキーウから僅か数十キロの場所にあるのだ。

独立広場では結婚式を挙げたカップルが記念撮影に興じていた。側には着飾った小さな女の子がいた。新郎新婦の妹なのか親戚なのか、無邪気に笑っている。

「女の子はターシャと同じ歳ぐらいだろうな……今頃、どこで何をやっているのだろう?」

ターシャのことが片時も頭を離れない。

晴れ上がった青い空にジェット機が飛んだ。

「大丈夫、あれはフランカーだ。友軍の迎撃戦闘機、スホーイ27。味方だよ」

ディーブが、ソフィアとアンドリーを安心させるように言った。

「あんな小さな点なのに、よくわかるわね」

広場の石階段に座ったソフィアが目を細めた。アンドリーも見上げたが、眩しくて目が開けていられない。涙目になったソフィアの目は青真珠《ブルーパール》のようだった。

と突然、独立広場のシンボル、そびえ立つ石柱の上にある大天使ミカエルが悲鳴をあげた。空襲警報のサイレンが鳴り響いたのだ。

広場から慌てて地下鉄の駅に逃げ込み、地下のホームに急いだ。そこらじゅうにいた人々も一斉に駆け込んで来た。

アルセリーナ駅の隣、マイダン・ネザレージュノスチ駅だった。

写真を撮っていた新郎新婦も駆け下りて来た。

核シェルターとなっている駅のホームに呆然と立つ新郎新婦。怯える花嫁を安心させようとして、新郎がベールを上げて新婦にキスをした。

「最近の若ぞーは何をやってるんだ」

と、老人が悪態をつき、ボロ毛布を被った。

「そうじゃ、ふざけるな、こんな時に、いったい何を考えとるんじゃ」

別の老人が舌打ちした。舌打ちの音が聞こえたのか、キスを止めた新婦は老人の方を向いて「すみませんん、ごめんなさい」と消え入りそうな声を出し、白手袋で口を塞いだ。

「もしかしたら、あの新郎は、明日には戦場に行くのかもしれないわ」

そうつぶやいたソフィアは「おめでとう！」と大声を出し、拍手をし始めた。

ディーブも拍手を始めた。次第に拍手の連鎖が巻き起こり、そこいらじゅうの皆が拍手喝采を浴びせた。アンドリーも慌てて拍手に加わった。

ドーム状の駅のホームが、数百人もの人々の拍手の音に包み込まれた。

「あ、ありがとう、ありがとう……」

新婦が白手袋で涙をぬぐいながらソフィアとディーブの方を向いてお礼を言った。

何度も何度も「ありがとう、ありがとう……」と言う新婦の顔は、グシュグシュになって鼻水まで流していた。

そのままホームで待つこと約一時間、何事もなかったかのように地下鉄は動き出した。


隊に戻ると『スイッチブレード』が届いていた。

早速ミリタリーマニアのディーブが飛びつき、いつものように頼みもしないのにあれこれと解説を始めた。

これはアメリカ軍が供与してくれた最新鋭の自爆ドローンだ。

発射管を使って迫撃砲のように離陸させ、一度飛ばしたらそれっきり。目標物に体当たりするか、キルスイッチで自爆させるらしい。

スイッチブレードは爆発物なので、すぐに少し離れた場所にある倉庫に仕舞われた。

だが、スイッチブレードとそっくりで、爆弾が装填されていない、練習用の『ブラックウイング』は残

された。

ディーブとアンドリーは、早速、その練習機を持って河原に行き、飛行訓練を開始した。

二人とも、ラジコン飛行機を飛ばすのに慣れていたので、わけなく飛ばせた。

発射管からコンプレッション・エア（圧搾空気）で発射される。飛び出した直後に主翼と尾翼がジャックナイフのように立ち上がり滑空する。

その姿からスイッチブレード（飛び出しナイフ）と名付けられたのだ。

着陸させる時には、あらかじめネットを張っておき、そこに鳥を捕まえるカスミ網のように軟着陸させる。プロペラは機体後部に付いているので、ネットの網にすっぽりと突き刺さる。充電すれば繰り返し使えて何度でも練習できるのだ。

飛び立って目標物をロックオンすれば、誤差半径一メートル以内に命中するという優れものだった。

ディーブとアンドリーは夢中で練習した。

スイッチブレードは、ディーブのラジコン飛行機よりスピードが出た。最高速度百六十キロ。機体の先端に付いたカメラは、前方だけでなく、自由自在に動かすことができる。

送られて来る映像を見ていると、まるで自分が飛行機の操縦士になった気分になる。

これの最大の欠点は自爆型であるため着弾観測ができない。つまりちゃんと命中したかどうか分からないということだった。

スイッチブレードの大きな欠点があと二つあった。小型軽量である反面、爆発力が弱いということだ。手榴弾程度の威力しかないので戦車や装甲車は破壊できない。

残り一つは、横風に弱いということだった、
ロックオンしても、命中寸前に横風が吹くと、的を外す。

アンドリーもディーブも、ディーブの残った休暇期間中に夢中で練習した。そのうち手先が器用なアンドリーは、どんなに風が強くても、百発百中、誤差十センチ以内に命中させるまでになった。

着陸用のネットに貼り付けた小さな紙きれを突き破るまでになったのだ。

ディーブは枯れ草を束ね、案山子《かかし》を作って地面に立てた。

「アンディ、次はこれに命中させてみなよ」

アンドリーが案山子の頭のど真ん中を一撃で破壊するとディーブは「すっげー！　アンディ、天才だな！」と丸メガネの目を丸くした。

ディーブに褒められ、アンドリーは「もしかしたらこれはダビデの投石機かもしれないぞ」と、一瞬、胸は躍ったが興奮はすぐに鎮まった。どんなにドローンの操縦が上手くなっても、十五歳のアンドリーが戦場に行くことは許されないのだ。

その間、戦況はといえば、ロシア軍は部隊を再編成し、大戦車軍団を東部地方の攻撃に集中させていた。

ここ数日、部隊ではいつもチキン隊長がイライラしながら歩き回っていた。

「もし、このドネツ川を越えられたらウクライナは終わりだ」

頭を抱えて嘆く隊長のパソコン画面には衛星写真が映っていた。森の中に膨大な数の四角い点がある。四角い点はロシア軍の戦車や装甲車や兵員輸送車を意味する。

頭を掻きむしった隊長は、画面を指差して言った。

「我が軍は敵の十分の一の戦力しかない。もし川を渡られたら、東部方面軍は全滅するだろう、そうなるとウクライナは終りだ」

海や海峡と呼ばれるドニエプル川と違って、ドネツ川は川幅が狭い。容易にポンツーン（浮き橋）

を掛けて、戦車や装甲車を渡河させることができる。

ロシア軍が、川のどの地点にポンツーンを掛けるかが問題なのだ。その場所をいち早く特定し迎撃しなくてはいけない。その対策のためウクライナ中からドローン兵をかき集めて東部戦線に送り込んでいるらしいが、まだ全然足りないということだった。

「おい、ディーブ君、君にも休みが明けたら行ってもらうぞ。配属先は北東軍、第十七独立戦車旅団の指揮下にあるドローン情報偵察隊だ」

まだ休暇中なので私服のオーバーオールを着たディーブだが、条件反射のように「イエッサ」と敬礼した。ディーブの休み明けは一週間後だ。

「隊長、お願いします。僕も一緒に行かせて下さい。僕はスイッチブレードが飛ばせるようになりました。フェイスマスクをして十五歳だとバレないようにしますから、行かせて下さい。きっと役に立てると思います。お願いします、お願いします」

「しつこいなあ君は。何度も何度も同じことを言わせるな。だめだだめだ。前にも言っただろう、ここでドローンの修理や組み立てをやっていればいいんだ」

隊長は首を激しく左右に振りながら「だめなものはだめだっ！」と、何処かに歩いて行ってしまった。

サージェント爺さんの言葉が思い浮かんだ。

「小さくて弱くても、頭を使え。頭を使えば必ず勝てる。自分で考えることじゃ」

「どうすればいいんだ！」

アンドリーは頭を掻きむしった。

「とうとう完成したわ！　ほら、これ見て！」

遠くの席に座っていたソフィアがディーブとアンドリーを手招きした。ソフィアが見せてくれたのは兵器図鑑をデータベース化したアプリだった。ついに完成したのだ。

敵の戦車や装甲車を色々な角度から撮った３Ｄ写真が網羅されており、音符マークをタップすると砲撃音やエンジン音、さらにキャタピラの駆動音まで聞ける。

「これを使えば、敵の戦車や装甲車の種類が一目で分かるし、ＧＩＳアルタとリンクさせれば無敵だわ！」

ＧＩＳアルタというのは『戦場のウーバー』と呼ばれる戦場指揮用ソフトウェアだ。

これはドローンが見つけた敵の位置座標を入力すると、その場所を攻撃するのに最適な方法を瞬時に割り出すシステムだ。

農業立国と思われているウクライナだがＩＴの技術は発達している。

このソフトもウクライナ国内にある民間企業の若者がタクシーの配車システムを応用して開発したもので、米軍も驚くほどの精度だった。

早速、ディーブが持っているタブレット端末と、アンドリーが持っていたスマホにも、ソフィアが作った兵器図鑑をインストールした。戦車や装甲車だけでなく、ロシア軍が渡河作戦に使うポンツーン《浮き橋》まで載っていた。

「あら、このトマト、水に沈むわ。完熟してる証拠だわ。今日はトマトのスープにしようかしら……」

玉ねぎおばさんは、いつものように一人で喋りながらキッチンに立っていた。おばさんはディーブが無事に帰還して以来、料理作りにますます精を出していた。

アンドリーは玉ねぎおばさんが野菜を洗っているのを見て、はたと思いついた。

ジャガイモやニンジンは沈んでいたが、ピーマンやズッキーニは水に浮いている。その大きなズッキーニが、ロシア軍のポンツーンに見えたのだ。

アンドリーは部隊にいたドンバス地方出身の人にドネツ川のことを尋ねてみた。

「ああ、あの辺りか。俺は釣りが好きでドネツ川にはよく行ったよ。冬場は凍結するけど、今は五月だ。ゆっくりと穏やかに流れている。俺はそこで五十センチのチャブを釣り上げたことがあるぞ」

その話を聞いたアンドリーは壁際に山積みされたマビックミニを取り上げ、卓球台が置いてある方へ走った。古びたラケットと一緒にピンポン球が数個あった。

アンドリーはマビックミニの四本のプロペラアームの下に、接着剤でピンポン球を貼り付けると、水を貯めたミニキッチンに、そっと浮かべてみた。

「しめた。いけるぞ！」

ピーマンと一緒に、四隅にピンポン球を付けたドローンもしっかり浮かんだ。

「あら、まるでポンドスケーターみたいね」

玉ねぎおばさんが笑った。手のひらサイズのドローン、マビックミニは僅か二百五十グラムしかない。たった四個のピンポン球でも、しっかりと浮く。

水に浮いた姿はまさにポンドスケーター《アメンボ》だった。

冬になると雪に閉ざされるウクライナは室内競技が盛んだ。サッカーほどではないが、卓球も人気のスポーツだからスポーツ用品店に行けばピンポン球はいくらでも売っている。

アンドリーは大急ぎで地下鉄に乗り、キーウ市内でありったけのピンポン球を買い占めて来た。アンドリーはさらにＧＯＰＲＯを分解してマイク端子を取り出した。

ＧＯＰＲＯは旧型のファントムに取り付ける小型カメラだが、例のコマール《モスキート》作戦の際に不要物として山積みされていた。

マビックミニのボディに上向きにマイク端子をつけると昆虫の触角みたいになった。

「アンディ、いったい、何をしようっていうんだ？」

ディーブが覗き込んだ。マイクが付いたドローンなんてこの世にない。飛ばすとプロペラの回転音が激しくて録音できないからマイクをつける意味がないのだ。アンドリーはマビックミニを分解してマイクの端子をトランスミッターに接続した。

「ディーブ、これから川に行ってテストをするから手伝って！」

河原に着いたアンドリーは四個のピンポン球が付いたマビックミニを飛ばし、数百メートル離れた川面にそっと浮かべた。ドニエプル川に流れ込む支流の川は浅く、真ん中に中州があった。流れて行ったマビックミニは、中州に引っかかって止まった。

「ほらっ！　ディーブ、僕の思った通りだよ。これ見て！」

アンドリーが持つコントローラーの画面にはグーグルマップが表示されていた。川の中央にドローンの位置を示す矢印が、はっきりと写っていたのだ。

アンドリーは、手にしたコントローラーのスイッチでプロペラの回転を止め、イヤフォンを付けた。

「ほらっ、ディーブ、これ聞いてよっ！」

アンドリーは、ディーブの耳にイヤフォンを押し込んだ。

「あ、ほんとだ。ザワザワ、クワックワッって音が聞こえる」

イヤフォンを通して鳥の鳴き声や川のせせらぎまで聞こえるのだった。

アンドリーは再びコントローラーのスイッチを入れてプロペラを始動し、マビックミニを中州から離陸させ、土手まで戻すとハンドキャッチした。

「これをドネツ川の上流から流して、止まった所がロシア軍がポンツーンを架けたところだよ。音を聞けば、それが戦車なのかわかるだろ」

「アンディ、これすごいよっ！　ロシア兵は、まさかドローンが川を流れて来るなんて思わないだろうからね！」

アンドリーとディーブは大急ぎで部隊に戻ると準備を始めた。

ありったけのGOPROやアクションカメラを分解してマイクを取り出し、それをマビックミニに移植する。四本のプロペラアームの先に四個のピンポン球を接着し、水が侵入しそうな機体の隙間はシリコン系ボンドで塞いだ。

マビックミニのバッテリーは２４００ｍＡｈだ。バッテリー容量のほとんどを飛ぶことに費やすので三十分程度しか飛べない。しかし、プロペラを止めてしまえば、何時間でも使える。カメラの電源を切ってマイクだけにすると二十四時間以上もつことがわかった。

さらに、目立たないよう黒く塗装すると、マビックミニは蜘蛛のようになった。

ありったけのマビックミニ数十台を準備したが、元々小さいのでダンボール箱に全部入った。

アンドリーが考え出したアイデアがもうひとつあった。

とうとうアンドリーが思いついたのは、十五歳でも戦場に行ける方法。

それは犬だ。

ウクライナ政府は徴兵事務局のウェブサイトで兵士の募集をしているが、それと一緒に犬も募集してあった。軍用犬が不足しているのだ。

『利口な犬なら何でもいい』と書かれており、ドッグハンドラーの年齢制限はない。

『十八歳から六十歳まで』と、兵士志願者には厳格に年齢制限が規定されており、身分証の提出が義務づけられていたが、ドッグハンドラーには、それがなかったのだ。

『犬はジャーマン・シェパードなので、とても利口です。自分はドローンも飛ばせます』と、募集係にメールを送ったら『すぐ参加して欲しい』と返信が来たのだった。

アンドリーは配属先の希望として、『友人の正規兵がいるので、北東軍、第十七独立戦車旅団の指揮下にあるドローン情報偵察隊に行きたいです』と書いた。

徴兵事務局の係員と、二、三度、やりとりしたメールには、『当局は、犬が怪我をしても、死んでも、保証は一切できない』と書いてあったが、案の定、飼い主の年齢を問う文句はなかった。

「パトロンって名前のジャック・ラッセル・テリアは、二百個以上の地雷を発見して大統領から勲章を授与されたんだ。ちょっと訓練すればミールだってできるよ。僕も戦場に行くからね！　ほらこれ、許可証だよ」

アンドリーはメールのやりとりをプリントアウトした紙をディーブに見せた。

丸メガネの目が点になったディーブは「まじかよ」と言って紙を受け取り、読み終わると「やれやれ」と、大きな背中を丸めた。

「しかたないなぁ。わかったよ、アンディには負けたよ」

ディーブはため息混じりにそう言うと「でも、そのままじゃあ、まずいよ。そんなの着てたら、真っ先に敵の的になってしまうよ、よっこらしょ」と、だるそうに立ち上がり、アンドリーを資材庫に連れて行った。

アンドリーは、母の形見である手編みの花柄セーターにジーパン姿だった。

資材庫には新品の軍服やヘルメット等と一緒に、西側からの援助物資が山ほどあった。

ディーブは援助物資の中から小さめなSサイズの軍服を引っ張り出した。

アンドリーはディーブに言われるがまま迷彩服を着てコンバットブーツを履き、鉄カブトも被ってみた。

最後にディーブがレベル4の防弾ベストをくれたが、それを着てタクティカル・ギアの詰まったウエスト・ベルトを付け、さらに背嚢を背負うとアンドリーは立ち上がれない。

背嚢には、折りたたみ式のスコップやサバイバルツールや飲料水などがびっしりと入っている。アン

ドリーには重すぎるのだ。ディーブに手伝って貰えばどうにか立ち上がれたが、歩くとよろよろしてしまう。

「しょうがないなぁ」ディーブがため息をついて、レベル４の防弾ベストの代わりに着せてくれたのはレベル２の防弾ベストだった。本来は衛生兵やＰＲＥＳＳが着用する軽い物だ。それでもかなり重い。ケブラー繊維の軽い防弾ベストは最前線の兵士に優先的に配給され、残った物は重い物しか無いということだった。ディーブはミールにも犬用防弾ベストを着せて、メディカルキットのバッグを取り付けた。

出発の日は雨の夜だった。チキン隊長はおらず、ソフィアと残った数人がディーブとアンドリーの出陣を見送ってくれた。

ソフィアはマジックを取り出すと、ミールの防弾ベストにウクライナ語でミールの名前を「ミーア」と書いた。

次にソフィアはアンドリーにドッグタグ（認識票）を首にぶら下げてくれた。見ると、アンドリーの名前と血液型の他、緊急連絡先としてソフィアの電話番号が刻まれていた。

「だってアンディには家族がいないんだよね。何かあったら、私が飛んで行くからね」

ソフィアの首にはお父さんのドッグタグがぶら下がっていた。

縁起を担ぐことと「お守り」が好きなウクライナ人だ。ディーブは防弾ベストに、あのドモヴォーイ人形をぶら下げていた。

「アンディ、軍服がよく似合うわ。大人の男っぽく見えるわ」

ソフィアはファッションチェックでもするように、アンドリーが被ったヘルメットの天辺からコンバットブーツまで眺めわして親指を立てた。

ソフィアはディーブには何も渡さず「頑張って」とだけ言うと、下を向いた。

いつも明るく強気なソフィアには珍しく、泣き出してしまいそうな顔つきだった。

迎えに来たのは装甲兵員輸送車ＢＴＲ４ではなく、ただの幌付きトラックだった。

「こいつは誰だ？　聞いてないぞ」

トラックから降りた運転手がアンドリーを指差しながら言った。その運転手はプロサッカークラブであるＦＣシャフタール・ドネツクのニット帽を被り、工事現場用の作業服を着ていた。

「こいつは義勇兵です。この犬は訓練済みです。一緒に連れて行ってやって下さい。これが許可証です！」

ディーブが敬礼しながら左手で紙を突き出した。あのメールをプリントアウトした紙だった。紙は、みるみるうちに雨にうたれてずぶ濡れになる。

紙を受け取った男は読みもしないで「よし、乗れ」と言った。

「ディーブ、忘れ物はない？」とソフィアが言うと、「あ、いけねっ！　レインウェアを忘れた」と言って慌てて走って戻った。

「ぐずぐずするな、早くしろっ！　このままじゃあ朝までにドネツ川まで行けないぞ」

助手席の男が窓を開けて怒鳴った。

アンドリーとソフィアたちは手分けして大量の荷物を積み込んだ。

アンドリーはミールを抱きかかえてトラックに載せようとしたが重くて抱えられない。察したのか、ミールは自分からトラックの荷台にジャンプして飛び乗った。

アンドリーが荷台に乗り込むと、他にも二名の兵士が乗っていた。

大慌てで走って来たディーブも荷台に飛び乗った、と同時に幌のカバーが下され、見送るソフィアたちと言葉を交わす間もなく遮断された。

トラックが走り始めると、アンドリーの前に座った若い男がスマホで自撮りを始めた。

スマホを持つ腕に黄色い布が巻いてある。

「お母さん元気ですか、僕はこれから戦場に行きます。お母さんに相談もしないで軍隊に入ってごめんなさい。でも心配しないで下さい。親友のミハイ……」

「バカ野郎っ、死にてぇのかっ！　電話なんかするんじゃねぇ！」

運転席と荷室を隔てる小窓が開いて助手席の男が怒鳴った。

「あの、これ電話じゃなくて撮影しているだけですけど。後で母親に送ろうと思って」

「スマホは使うな。使うと爆撃されるぞ」

若い男は不満そうに口を尖らせて反論した。

「キーウスターとか地上局の電波を使うとまずいでしょうけど、米国のスターリンクを経由するＷｉＦｉ通話なら傍受される心配はないんじゃないですか？」

「うるせぇ、つべこべぬかすなっ！　この青二才めっ」

助手席の男は片手の手袋を外して見せた。義手だった。

男は小窓から義手を突き出して怒鳴った。

「インテリさんよぉ、俺たちはこう見えてもドンバス大隊だ。２０１４年、イロヴァエスク戦の生き残りだぞ。てめぇらがまだヨチヨチ歩きの頃だ。屁理屈なんてほざいてないで言われた通りにしろっ！わかったな」

男は義手を使って小窓をバタンッ！　と閉じた。

二人並んで座っていた左側のメガネの男が小声で悪態をついた。

「ちぇっ、スターリンクを経由させれば絶対に大丈夫なのに、まったく、おじさんは何も分かってないな……」

しかし、強がりを言っても顔が引きつっている。

「君、大丈夫？　緊張してるの？　君は、ずいぶん若そうだけど、いったい何歳なんだ？」

メガネの男がアンドリーに話しかけてきた。

顔が引きつっているのはアンドリーもだった。

アンドリーが「実は、僕は十五歳です。でも僕は犬のハンドラーとして行くんです。ちゃんと許可書もあります」と言うと、「そうか、子供なのに偉いね」と言って二人の若い男たちは自己紹介を始めた。

二人ともキーウ国立大学でジャーナリズムを専攻している学生だった。

お喋りで理屈っぽい方がイワン。ビデオカメラを持った物静かな方はミハイロ。

将来はテレビ局や映像関係の仕事に就きたいらしい。カメラやドローンに詳しいので、ドローン情報隊の義勇兵として基礎訓練も受けないで参加したそうだ。

おしゃべりなイワンがディレクターで、無口なミハイロはカメラマン志望。

将来、二人でコンビを組み、映画を撮るのが夢だと語った。

「今回従軍したのは、最前線で戦う兵士たちを記録するドキュメンタリーを撮るためさ」

と意気込んでいる。二人が被ったヘルメットには小型カメラが貼り付けてあった。イワンの話では、二人とも奨学金をもらっているらしい。片親のイワンはスピルバーグのように、いい映画を撮って苦労をかけた母親を早く楽にさせてあげたいそうだ。

「オリバー・ストーンやコッポラみたいに、従軍した経験がないといい映画は撮れないと思うんだ。原作や脚本だって同じだ。レマルクやヘミングウェイだってそうだろう」

アンドリーは何のことやら解らず首を傾げたがイワンの話は続いた。

「世界中の若者たちや、アメリカ人の退役軍人のおじいさんまで我が国のために義勇兵となって戦っているんだよ。カナダ人なんて六百人も来たから、それだけで大部隊が編成できたんだ。君みたいな子供まで戦おうとしているのに勉強なんかしている場合じゃないだろう。そんな彼らの姿を記録し、報道しなくちゃいけないと思うんだよ。今ではＳＮＳとか、発表の場はいくらでもあるからね。僕はこの目で本当の戦い、真実を見てみたいんだ」

「そうなんだ。このままじゃあ僕たちは罪悪感で押しつぶされて、ギルティ・シンドロームになってしまいそうだったんだよ」

とミハイロは静かに語った。

「戦争反対なんてシュプレヒコールしている場合じゃないと思う。男は現場に行かなくちゃだめだ。君もそう思うだろう？」

イワンはアンドリーを見つめた。

「え、あ、は、はい、そうですね……」

アンドリーがなんとなく相槌を打つと、イワンはまた喋り始めた。

「社会的に意義のある作品を作りたいんだ。人に何か訴えかけるものを作るには、学校やスタジオじゃあできないよ。そうだろう？　僕はこんな酷い世の中を変えたいんだ」

その後、イワンの話はボルシェビキ《共産主義者》がどうしたとか、マルクスやレーニンやスターリンの旧ソ連のことなど、どんどん小難しくなり、アンドリーにはさっぱり理解できない。

アンドリーは、さすがキーウ大学の学生だな、と思ってぼんやり聞き流していた。

イワンはおしゃれなのか、腕に巻いた黄色い布とは別に、首にも黄色いスカーフを巻いていた。喋りまくるイワンも黙ったままのミハイロも、どれだけ時間が経っても二人の顔は緊張している。まるで沈黙を怖がっているかのようだった。

ディーブだけが落ち着き払っていた。話を聞きながら微笑みさえ浮かべている。ディーブは少しそそっかしいところがあるが、妙に肝が座っている。いつもドーンと構えて多少のことでは動じないないのだ。

アンドリーが「ディーブって、神経は図太いよね」と言ったことがあった。そんな時ディーブは「体が太くて鈍いだけさ」と謙遜して笑っていた。

「あ、そうだ、君のこと、撮らせてもらっていいかな？」

イワンがアンドリーを指差して言うと、ニコニコしていたディーブが口を挟んだ。

「ちょっと、それは止めた方がいいと思うよ。もし君が殺されて、敵にカメラを取られたら、こっちの内部情報がバレてしまうこともあるからね」

イワンは、ギョッ！　とした目をして、まばたきした。

しばし沈黙の時が流れた。

「あの……すみません。悪いけど、こいつの使い方を教えてくれませんか？」

今度はミハイロがディーブに敬語で話しかけて来た。

ミハイロはミールの首に巻かれたメディカルキットのバッグを指差している。

ディーブは「うん、いいよ」と答えると、バッグを外して説明を始めた。

「この釣り針みたいなのは傷を縫う医療用の針だよ。この糸は、しばらくすると溶けるんだ。これは点滴で、こっちが消毒液だ。この注射はモルヒネだ。かすり傷程度なら、このアンプルのひと目盛りくらい皮下に注射するんだ。これは止血帯だ。もし腕や足が千切れたら、この止血ベルトの輪を千切れた足や腕に通してハンドルを思いっきり回して、モルヒネを内側に注射するんだよ。外側だと血と一緒に流れ出てしまうからね」

ディーブの説明を聞く若者二人の顔が、ますますこわばっていく。

「モルヒネは麻薬の一種なんだ。重傷を負って、もう助からないと分かった兵士には、ありったけのモルヒネを全部、静脈に注射するんだ。夢を見ながら楽に死ねるよ」

ディーブは笑ったが、若者二人の顔は青ざめた。タイヤが悲鳴をあげながらカーブを曲がる。その度に血が逆流する。アンドリーも全身の血が引いていく気分だった。

車酔いしたのか、イワンの口数が少なくなった。

高速道路に乗るとトラックの揺れは収まった。

その代わり、風切り音と幌をたたきつける雨の音で何も聞こえなくなった。


夜明け前、着いた所はトラックごと入れる大きな倉庫だった。他にも数台のトラックや装甲車が停めてあった。

トラックから下りると、薄暗い倉庫の中は血なまぐさい臭いがした。アンドリーが苦手なスーパーの精肉コーナーと魚売り場を合わせた臭いだ。

ふと辺りを見回したアンドリーは立ちすくんだ。倉庫の隅に屍体袋が転がっていたのだ。

黒い屍体袋だけではない、迷彩柄のもある。その迷彩柄の屍体袋から屍体が起き上がったので、アンドリーは心臓が飛び出すかと思った。

目を覚ました兵士だった。眩しそうにこちらを一瞥すると芋虫のように寝袋に入った。

しかし黒いのは明らかに寝袋ではなく本物の屍体袋だ。三袋ある。

「おお、来たか。ご苦労。戻るときには、そいつを持って帰ってくれ」

その黒い屍体袋を指差しながら軍服を着た中年男が歩いて来た。

軍服の男がアンドリーたちを此処まで連れて来てくれた男に軽く敬礼すると、シャフタール・ドネツクのニット帽を被った男は、帽子を外して義手で敬礼をした。

「ああ、ついでにそいつもだ」

と、軍服の男は椅子に座った兵士を指差した。兵士はニヤニヤ笑っていた。しかし目は虚ろだ。手足が小刻みに震え、ぶつぶつと何かつぶやいている。

「あいつは一週間塹壕に籠っていたらシェルショックになったんだ」

シェルショックとはＰＴＳＤ、心的外傷後ストレス障害の一種だ。軍服の中年男はアンドリーたち四人を一瞥すると、ミールを見て言った。

「ああ、こいつか、本部から連絡を受けている。ナチの犬だな」

男が頭を撫でようとすると、ミールは牙をむいて唸った。

アンドリーが「ミール、この人は味方だよ。伏せっ」と言うと、すぐ床に伏せた。

「君がこの犬のハンドラーか、いい犬だ。そのうち地雷の匂いを覚えさせてやる」

男は満足そうに大きく頷いた。アンドリーは年齢のことを咎められ、追い返されてしまうのではないかとドキドキしていたが、軍服の男はアンドリーの年齢を訊かなかった。それどころか「君はドローンも扱えるそうだな?」と言って目を細めたのだ。

「あ、はい、そうであります。自分はドローンも飛ばせます。できれば、犬のハンドラーとしてでなく、ドローン兵として働きたいであります!」

アンドリーはなるべく大人びた口調で返事をした。

男は床にしゃがんで「名前は何という?」と言いながらミールの頭を撫でた。アンドリーが「自分はアンドリーであります。この犬はミールです」と直立不動の姿勢のまま答えると、男はミールの防

弾ベストに書かれた字を見ながら「平和、か。ふん、いい名前だ」と鼻を鳴らした。階級章を見ると、どうやらその男は中隊長のようだった。立ち上がった隊長は自己紹介と状況報告を始めた。

「諸君、私の名前はイーゴリだ。よく来てくれた。ここは第十七独立戦車旅団隷下にある第三ドローン偵察隊だ」

話の途中で、別の兵士が「イーグル隊長、緊急連絡です」と言ってメモを手渡した。

どうやらイーゴリを文字ってイーグルと呼ばれているらしい。そのニックネームの如く、隊長は鷲のような鋭い目つきをしていた。メモを一瞥したイーグル隊長は続けた。

「ここはドネツ川の西岸、約二十キロの位置だ。敵の152ミリ榴弾砲は届かない。しかし、昼間は敵のドローンが血眼になって我々を探している。この建物から絶対に出てはいかんぞ。あれが敵のドローンだ」

隊長が指差した先に、半壊したロシア軍のドローンが転がっていた。

「これがオルラン10だ。こっちの三角形なのは自爆ドローンKUB－BLAだ。尾翼がないのが特徴だ。よく見て形を覚えておけ。エンジン音は兵器図鑑アプリに載っているから聞いて覚えろ。その音が聞こえたら、すぐに身を隠すんだぞ」

ソフィが作ったソフトだ。アンドリーは何だか誇らしい気分だった。

イワンがオルラン10のカメラを手に取り眺め回しながら言った。

「あ、これはずいぶん旧型のイオスキスですね。。しかも安物のパンケーキレンズだ。あれ？　燃料タンクはペットボトルでできているんですか？」

「そうだ、ロシア軍のドローンはかなり粗雑な作りだ。しかし油断は禁物だぞ」

「これはSAITOのFG40ですね」

オルラン10を見たディーブが言うと、隊長が「そうだ、日本製の4サイクルエンジンだ。君はその方面に詳しいのかね？」と訪ねた。

「あ、いえ、私はラジコン飛行機が趣味であり、偶然それと同じエンジンでした。我々二人はスイッチブレードが飛ばせます」

「ふむ、そうか。しかし残念だがスイッチブレードも雨ではあまり役に立たないだろう」

隊長の説明では、ここ最近は雨の日が多く、ドローンが使い物にならなくなってきた。アメリカ軍から供与された長射程のＭ７７７、１５５ミリ榴弾砲もロシア軍が鉄道を破壊したため、最前線のここには、まだ届いていないということだ。

イーグル隊長は語気を強め、四人、ひとりひとりの目を順番に見つめながら言った。

「敵は二個大隊の戦車部隊を進軍させようとしている。我々の戦力は圧倒的に不足している。もしドネツ川を渡られたら我々は危機的状況に陥るだろう」

このドネツ川がウクライナ東部方面の防波堤であり生命線ということなのだ。

隊長がさらに語気を強めて繰り返した。

「もし敵戦車部隊が川を渡ったら、我々の祖国、ウクライナは終りだ。何としてでも、ここドネツ川で阻止しなければならん！」

鋭い視線の隊長に見つめられるとアンドリーは唾を飲んだ。

隣を見ると、イワンとミハイロの喉仏も大きく動いた。

現在、二人一組で合計十二組、二十四人のドローン情報兵が配置に着いていて、アンドリーたちは、その補充要員兼、交代要員であるということだった。しかし今は交代させている余裕はない。ドローンが操縦できる者は全員、二十四時間体制で監視任務に当たっているということだった。隊長は歩きながら話を続けた。

「移動は夜間だ。荷物の運搬にはあの軍馬を使え。米国から供与されたボストンダイナミクス社のビッグドッグだ」

隊長が歩いて行った倉庫の隅に、四つ足のロボットがあった。

「うわっ、すげぇ！」ディーブの目が輝いた。

犬や馬というより、その短い足と太い胴体は『首のない牛』といった感じだった。

隊長は電源を入れると、そのまま片手で押して見せたがビクともしない。両手で力強く押すと、ビッグドッグは本物の牛のように足を踏み替えてバランスを取った。

「もし負傷して動けなくなったら、こいつの背中に乗れば、ここまで自動的に連れて帰ってくれる。後で操作方法を教える」

隊長はビッグドッグの背中を撫ぜるように電源を切った。

他にも西側から供与されたという色々な新型兵器が転がっていた。小型の無人戦車もあるし、マシンガンを背中に搭載した犬型ロボットまであった。

隊長は胸ポケットからタバコの箱を取り出し、中から小さなドローンを取り出した。

「今や我が国は、西側諸国の武器の見本市、実験場と化しているのだ。ほら、こいつはノルウェー製のマイクロドローン、ブラック・ホーネットだ」

それは手のひらに乗るサイズの超小型ヘリコプターだった。

隊長は、そのマイクロドローンを飛ばして見せた。

コントローラーは普通のドローンと同じだ。二本のレバーと7インチのモニターが付いている。静かだ。モーター音がしない。飛んでいる姿はドラゴン・フライ《トンボ》みたいなのだが、これにサリンやVXガスやノビチョクなどの毒針をつけて敵を襲撃させるからブラック・ホーネット《黒いスズメバチ》とネーミングされたそうだ。

「あ、あの、イーグル隊長、よろしいですか？」

「何だ？　言ってみろ」

アンドリーは段ボール箱を開け、恐る恐る自分が考えたアイデアを話した。ドニエプル川の支流に浮かべて実験し、成功したことも説明した。

アンドリーの話をじっと聞いていたイーグル隊長は、ネズミを捕獲する鷲のように箱からマビックミニを掴んで取り出すと、じろじろ眺め回して言った。

「ふん、なるほど、ウォータースパイダー（水蜘蛛）というわけだな。敵もまさかドローンが川を流れて来るとは思わんかもしれんな……」

隊長は腕組みをしたまま、しばらく考え込んでいたが、ディーブのお腹が大きな音を立てると笑い出した。

「腹が減っているのか？　今のうちにまともな飯を食っておけ。塹壕の中ではレーションしか食えんからな。食ったら寝ろ。頭がスッキリしたらブリーフィングをしよう」

アンドリーの顔を覗き込んだ隊長は食料庫を指差した。

アンドリーは慢性的な不眠症のせいで、目の下にクマができている。おまけにキーウからここに来る途中、イワンもミハイロも一睡もせず、ひどい顔をしていた。

全員、ハムやパンを貪るように食べて、すぐに雑魚寝した。

しかし、アンドリーはいつものように、なかなか寝付けない。屍体袋はもうトラックに載せられ運び出されていたが、まだ生臭い臭いがする。臭いはコンクリートの床に染み付いた血の臭いだった。

アンドリーの隣で寝転んだディーブは、すぐに高いびきをかき始めた。

イワンもミハイロも、しきりと寝返りをうっている。眠れないみたいだ。

アンドリーは血の臭いが気になってしょうがない。目を閉じると、あの忌まわしいカマキリ男が出てくる。眠いのに眠れない。いつまで経っても眠れない。

もう夜があけたのだろう。倉庫の隙間から太陽の光が差し込んで来た。

アンドリーは、ぼんやりと天井を見ていたが、誰かに見られている気がする。

ミールも耳を立てたまま天井の一点を見つめている。

耳元でポトンと音がした。天井から何かが落ちて来たのだ。動物の糞だった。

目をこらして天井を見ると、屋根を支える梁にコウモリがぶら下がっていた。

五月のウクライナは午後七時になってもまだ明るい。

出陣は完全に日が沈み、真っ暗になった夜八時を過ぎてからだった。最前線まで送り届けてくれるという若い兵士の指示で、ビッグドッグの背中に荷物を積むとバラクーダを被せて偽装した。

兵士はビッグドッグを出荷する牛のように、傾斜をつけた板の上を歩かせ、トラックの荷台に乗せると、ビッグドッグは自動的に足を折りたたみ「伏せ」の姿勢をとった。

ディーブが荷台に乗り込み、学生兵二人とアンドリーが続いた。ミールも乗り込んだ。ディーブだけカラシニコフを持ち、学生二人はドローンが入ったケースを二個ずつ。アンドリーは背嚢の中にスイッチブレードの発射管を入れていた。レベル2の薄い防弾ベストのポケットには、標準装備されているアーミーナイフが入っている。アンドリーの武器はそれだけだ。

あの後、昼過ぎに起きたアンドリーたち全員にブリーフィングが行われた。

ブリーフィングとはいえ、何も知らないど素人のアンドリーや学生義勇兵には、基本的な話から始まり、結局、数時間にも及ぶ長い講義となった。

「敵のドローンの音を聞いたら、すぐ塹壕に隠れること」

「砲撃を受けたら地面に伏せて、耳を塞いで口を開けること。さもないと、鼓膜が破れ、肺が潰れる」

「夜間、タブレットの光で顔が浮かび上がると、必ず敵の狙撃兵に殺られる」

イーグル隊長はアンドリーの顔を指差して言った。

「お前みたいに色白の男は特に、だ。必ずフェイスマスクを被るか迷彩ファンデを顔に塗りたくれ。小便やクソをしたくなっても塹壕から出るな、空き缶の中にしろ。それが嫌なら紙おむつをしろ。これは冗談で言ってるんじゃないぞ！」

そういった細々とした注意事項は百項目を超えていた。それを数時間で頭に叩き込まれた。学生義勇兵のコードネームは学生という意味の「ストデント」に決められた。背が高い方のミハイロが「ストデント1」でイワンが「ストデント2」。ディーブとアンドリーは「ウォータースパイダー」。ディーブが1でアンドリーが2だ。

「敵の通信を傍受し情報を分析した結果、ここ数日中に敵軍が渡河作戦を実施するのは間違いない」

ということだった。

長い講義の最後にイーグル隊長は屍体袋を指差して怒鳴った。

「いいか分かったか、忘れるな。さもないと、あの中に入って戻ることになるぞ！」

トラックはヘッドライトを点灯せず、ゆっくりと慎重に走った。

荷台にはルームランプの代わりに、軍用懐中電灯のレッドライトが灯っている。

赤く浮かび上がった皆の顔は、耐えられないくらい緊張していた。さすがのイワンも口数が少ない。

ディーブが何か手に持った物を見つめていた。何かと思ったら、ドッグタグと一緒に首からぶら下げた十字架だった。

「ディーブ、どうしたの？　それ？」

「ああ、これ、ソフィがお守りにくれたんだ。この戦争が終わったら、僕はソフィに結婚してくれって言おうと思ってる。でも、こんなデブじゃダメかな」

ディーブは自分のお腹の肉を掴んで笑った。

「え？！　ソフィにプロポーズ？　ディーブ、ソフィと付き合ってたの？」

「いや、まだ付き合ってるなんて感じじゃないけど……」

ディーブは照れくさそうに鼻の頭を掻くと、防弾ベストからスマホを取り出した。

スマホの待ち受け画面はソフィアだった。

「え、どれ、見せて下さい」とスマホを覗いたイワンが「スッゲー美人！」と声を上げると空気が少し緩んだ。しかしイワンの笑顔はぎこちない。恐怖と緊張を紛らわすために、何か喋らないと気が済まないのだろう。

「そういえば君の軍服には国旗が付いてないね。ほら、これあげるよ」

と、イワンが自分の首に巻きつけていた黄色いスカーフを外してアンドリーの腕に巻きつけてくれた。

正規兵が着る軍服にはウクライナ国旗のワッペンが縫いこまれているが、急ごしらえの義勇兵や民兵はハンカチやスカーフ、なければビニールテープなどで、黄色か青色の目印を腕に巻きつけることを友軍の証としていた。

一時間ほどで着いた場所は森の入り口だった。

運転していた兵士が森に向かって赤色ライトを数回点滅させると、数分後に暗闇から別の兵士数人が現れた。トラックをゆっくりと森に乗り入れるとビッグドッグや荷物を降ろした。

鬱蒼と茂った森の中に迷彩柄のテントが張ってあり、キャンプ用の折りたたみ机にはパソコンやモ

ニターや通信機器が並べてある。傍らには迫撃砲の弾丸やスイッチブレードが入ったケースが山積みされていた。

「イーグル隊長から聞いた。お前たちだな。ウォータースパイダーとストデントというのは」

「はい、そうであります。自分がウォータースパイダー1です」

ディーブが敬礼すると、イワンとミハイロも敬礼した。

黒い戦闘服を着た下士官らしき兵士は「俺のコードネームはボロンだ」と言うと、すぐにビッグドッグのコントローラーを操作し始めた。ボロンとはウクライナ語でカラスという意味だ。このボロンという下士官の男が、最前線の小隊長だった。

ボロン小隊長がコントローラーのスイッチを押すと、荷物を積んだビッグドッグが暗い森の中に向かってゆっくりと歩き出した。

「よし、ついてこい」と言ったボロン小隊長のすぐ後をイワンが、次にアンドリーとミハイロ、一番後ろにディーブが続いた。

その一群を取り囲んで守るように、少し離れた場所を三人の歩兵が歩いた。

起伏の緩い平坦な森の中を、ビッグドッグは生きた牛のように木や岩など障害物を避けて歩いてゆく。

道中、ボロン小隊長とイワンが話しているのが聞こえたが、この辺り一帯は独ソ線の激戦地になった場所だということだった。その時に掘られた塹壕が今でも無数に残っているらしい。イワンは小隊長をあれこれ質問攻めにするが、小隊長は面倒くさそうに答える。

「今でも地面を掘り返すと、ナチのクソ野郎や赤軍兵どもの骨が出てくるんだぜ」

小隊長はふと立ち止まると、赤色懐中電灯で大きなブナの木を照らした。

「これは『男娼の墓標』と呼ばれている木だ」

「え⁉　男娼の墓標？　男娼って、男の娼婦のことですよね。どうしてですか？　こんなところに？」

イワンは口を開けて木を見上げた。

「その昔、フリッツの狙撃兵《ドイッ兵》を捕まえたソ連兵が、そいつの首に犬みたいにロープをかけて、この木に繋いで裸にしてケツの穴を掘ったのさ。そのフリッツは、なかなかの色男だったから、そこら辺で野営していたソ連兵ども三十人以上が交代で犯したのさ。朝になると、そのフリッツはペニスと睾丸を切り取られ、それを口に押し込まれて、ケツの穴には、奴の狙撃銃を突っ込まれて串刺しにされ、そこに吊るされたのさ」

小隊長は赤色懐中電灯で太い木の枝を照らし、次にイワンの顔に向けて言った。

「お前もなかなかの色男だから、ロシア兵にはモテモテだろうぜ。それに、おしゃべりな奴は舌使いがうまいって言うしな」

小隊長がイワンの開いた口を見ながらククク……と声を殺して笑うと、イワンは口を閉じ、黙りこくった。それ以降、イワンは何も喋らなくなった。

静まり返った森の中、ビッグドッグの駆動音がやけに大きく感じる。

三十分ほど平坦な森の中を進むと、小隊長が塹壕《トレンチ》の隅に空けられた横穴を赤色懐中電灯で照らした。

「よし、君たち二人、ストデントはここのネストだ」

兵士が潜む穴は、ネスト（巣）とかフォックス・ホール（狐の穴）と呼ぶらしい。

荷物を降ろしてフォックス・ホールを覗くイワンとミハイロに小隊長は言った。

「おい、聞いたと思うが、通話は必ず、そのトランシーバーを使え。暗号化され周波数ホッピングするデジタルトランシーバーだ。それを俺が後方で受け、司令部に伝達する。トランシーバーは命綱だ。大切に扱え」

本来なら一人に一台のトランシーバーなのだが、物資不足で二人に一台の配給だった。

「いいか、夜、ドローンを飛ばす時には、塹壕の中から飛ばせ。どうしても外で飛ばす時には、モニターの光が漏れないようにしろ。分かったな。健闘を祈る。ウクライナに栄光あれ！」

「う、うう、ウクライナに、栄光、あれ」

返事をしたイワンとミハイロの声は上ずっていた。

「あ、それから、それ」と、ボロン小隊長は立ち去る直前、イワンとミハイロがヘルメットに取り付けた小型カメラを指差して言った。

「そんな物で映像を撮ろうとしたら敵のスナイパーに殺られてしまうぞ。塹壕から顔を出すとレンズが反射して見えるからな。まるで間抜けな子ギツネだ。この前に来たプレスもそのせいで殺られたんだぞ」

イワンとミハイロは、お互いの頭を見上げて口をポカンと開けた。ヘルメットの天辺にはキノコのようにぴょこんと飛び出したカメラが取り付けてある。視線を落とした二人は、目を見合わせると同時に慌ててカメラを外した。二人ともカメラを外す手が震えていた。

そこから歩くこと、さらに三十分、約二キロ離れた場所がアンドリーたちの受け持つ塹壕だった。アンドリーとディーブはビッグドッグから荷物を降ろした。

「ウォータースパイダー。君たちを友軍の歩兵たちが守っている。しかし、敵の狙撃兵は悪魔だ。SLVK14S、通称トワイライトと呼ばれる世界最強の狙撃銃で二キロ離れた場所から撃ってくる。トカゲのように音もなく忍び寄って、気づいた時にはすぐ後ろにいることもある。いいか、何度も言うが、光が漏れないようにしろ。さっきトラックが着いた場所が最前線の司令部だ、俺はそこにいる。何かあったら、そこまで這ってでも来い。無線で指示を待て。ウクライナに栄光あれ」

小隊長は「お前も頼むぞ」とミールの頭を撫ぜ、ビッグドッグと一緒に去って行った。

塹壕の中にある黒いビニールの遮光幕をくぐって入ったフォックス・ホールは酷い臭いだった。澱んだ空気が抜けないのだろう。人糞の臭いと小便の臭いと食べかすの臭いが混ざっていて、LEDランタンをかざすと数匹のネズミが慌てて逃げ出した。ハエが飛び回っている。蜘蛛も這っている。穴の奥行きは五メートルくらい。腰をかがめないと頭がつっかえてしまう高さだ。天井を支える木の梁には血痕のついたTシャツがぶら下がっていた。地面に敷かれた毛布をどかして光で照らすと、ダニやシラミの群れが慌てて逃げ出し、ムカデが石の下に隠れた。

ディーブは何でもないように汚れた毛布を広げて腰を下ろした。

アンドリーは全身に鳥肌がたった。よりによって大嫌いな虫の巣窟なのだ。

しばらく経つと嗅覚が麻痺したのか、臭いに関してはあまり何も感じなくなった。

ずっとしゃがんだままの姿勢でいられるわけもなく、アンドリーも、恐る恐る毛布の上に腰を下ろした。

穴の入り口でミールに「待て」と命令したアンドリーだが、考え直し、ミールもフォックス・ホールに呼び入れ、飛び出さないよう穴の奥で「伏せ」をさせリードを付けた。

ミールには敵と味方の見分けがつかないからだ。闇の中にいる味方に向かって吠えると大変なことになるだろう。ミールは困った顔で何度もあくびをした。こういう時の犬のあくびは眠いからではない。不安と緊張からくるストレスを紛らわそうとしているのだ。

「ごめんね、ディーブ。無理にミールを連れて来てしまって。ミールは役に立ちそうもないね」

「そんなことないさ。いつかきっと役に立ってくれるよ。だってミールはアンディの命を救ってくれたんだろ？　アンディのお守りだろ。いいさ、ほらミール」

ディーブは早速レーションのビニールを破り、クラッカーをミールに与え、自分も食べ始めた。と、突如、敵の砲撃音が鳴り響いた。

そんなに近くはないが地響きが伝わって来る。砲撃はランダムに、ふと思い出したように始まっては止まる。まるで地底に巣食う悪魔が太鼓を鳴らしているようだ。

クラッカーをもぐもぐしていたディープが、ため息混じりにつぶやいた。

「ロシア軍が敵兵を眠らせないようにするための心理戦だ。こんな所に、ひとりで一週間もいたらシェルショックにも、なるよな……」

午前一時を過ぎる頃、ボロン小隊長から無線で連絡が入った。

『今夜は、渡河作戦が実行される可能性は低い。交代で仮眠をとれ』という内容だった。

睡眠不足がシェルショックの入り口だと教えられた。睡眠不足や疲労はミスを引き起こす。一人のミスが部隊全員を危機に陥れることもある。

出発前、イーグル隊長は「特に新兵は、交代して睡眠を必ず取れ」と力説した。

どうせ不眠症で眠れないんだ、と思ったアンドリーは「ディープ、先に寝なよ」と言うと、ディープは「そうかい、じゃあ三時間経ったら交代するから、起こしてね。何かあったら……」と言ってる途中に大あくびをすると、すぐに船を漕ぎ始めた。

静まり返ったフォックス・ホールの中、ディープのいびきが響く。

ロシア軍の砲撃があるたびに得体の知れない生き物が土壁から這い出して来る。カブト虫やセミの幼虫だろうか、ナメクジもいた。ナメクジを見るとアンドリーはあのロシア兵が耳を舐めたことを思い出し、鳥肌がたった。

初夏の今は、生き物たちが一年で一番活発に動き始める時期なのだ。

蚊がアンドリーの首筋を刺した。かゆい。アンドリーは軍服の襟をしっかりと閉めた。

じっとしていると、コンバットブーツを無数の蟻が這い上がって来た。クワガタのようなアゴを持つ大きな軍隊蟻だ。払っても払っても這い上がって来る。

ディーブは口を開けたまま寝ている。口の周りにハエがたかっているが、ディーブは目を覚まさない。ミールは地面に穴を掘って丸くなった。

アンドリーはヘルメットを被ったまま頭を抱え込んで、時が経つのをじっと待った。

三時間が過ぎた。交代の時間だが、どうせ眠れない。

アンドリーはLEDランタンの灯りを『LOW』にして両膝を抱え込んだ。

薄暗くすると飛び回っていたハエが静かになった。薄闇の中からディーブのいびきと、ネズミが何かを齧る音が聞こえる。

アンドリーはディーブの図太さが、心底、羨ましいと感じた。

「父さんも母さんも、こんなところに埋められているんだな。今頃は、父さんの体も母さんの体も、虫に食われて骨だけになったかな……」

目を閉じると自分も虫たちの餌食になってしまう気がする。

蒸し暑い。乾燥した夏のウクライナだが、穴の中はものすごい湿気だ。じっとりと汗が滲み出してくる。

汗の匂いを嗅ぎつけた蚊が群がって来る。顔や耳を容赦なく刺す。かゆい。かゆい。

アンドリーは声を殺して叫んだ。

「うぎゃー！　やめてくれっ！」

両膝をさらに強く抱え込んで耳を塞ぐと、虚ろな目をしてヘラヘラ笑っていた兵士の顔が思い浮かんだ。あのPTSDになった兵士だ。

爆撃音が轟く。永遠に朝が来ないのではないかと感じる。なりふり構わずこの穴から飛び出してしまいたい。アンドリーは、たったの一日目にして気が変になりそうだった。

いったい何時間経っただろう？　やっとのことで穴の入り口から光が入ってきた。と同時に目覚まし時計のように爆撃音が鳴り響き、ディーブが目を覚ました。大あくびをするディーブを見て、ほっとしたアンドリーも大きく深呼吸をした。

昼過ぎ頃、ポツポツと雨が降って来た。

雨は次第に強くなり、穴に泥水が流れ込んで来た。塹壕が水を集める水路の役目をするのだ。ふと振り返ると、ミールが立ち上がって困った顔をしていた。塹壕の穴は奥の方に向かって傾斜している。ミールの四本足は、足首まで水に浸かっていた。

ミールは眉毛を八の字にしたままじっと耐えていた。


その日の夕方、ボロン小隊長から無線連絡が入った。

『この雨は明日の朝まで続く、敵軍の渡河作戦は今夜実行される可能性が高い。ウォータースパイダーは、午後九時から一時間おきに例の物を飛ばせ』

アンドリーとディーブは黒いレインウェアを着込み、箱からマビックミニを取り出し準備を始めた。しかし、電源を入れたがＧＰＳもスターリンクも拾わない。穴の奥にいるせいだ。穴の入り口付近まで移動すると受信できた。マイクもちゃんと音を拾っている。

アンドリーは大きく息を吐いた。

午後九時、予定通りアンドリーは、四隅にピンポン玉を付けた手のひらサイズのドローン、マビックミニをフォックス・ホールの入り口から離陸させた。

「水蜘蛛《ウォータースパイダー》作戦」の始まりだった。

暗闇の雨の中、真っ黒に塗装されたマビックミニはコウモリのように飛んで行った。

敵の電子戦部隊に探知されないよう、できるだけ低空飛行でドネツ川の上流に向けた。

コントローラーのモニターに表示された高度計には５０メートルと出ている。これなら木にはぶつからない。

モニター画面は磨りガラスのようだ。雨のせいでドローンのレンズが濡れているのだ。アンドリーは画面をタップして、カメラ映像からグーグルマップに切り替えた。

地図の上をドローンの現在位置を示す矢印が北東方向に移動してゆく。

八キロ付近で画面がチラつき始めた。本来なら十キロ程度は飛ぶはずなのに、雨のせいで電波状態が悪いのだ。

遮光用のビニールシートを被って、塹壕の穴から出ると画面のチラつきが収まった。

「光が漏れないよう気をつけろよ」

と言いながら、トランシーバーを持ったディーブがビニールシートの中に入って来た。

アンドリーはドローンをそのままさらに北東に移動させ、ドネツ川と矢印を重ねると、ゆっくり、ゆっくりと、慎重に降下させた。

高度計の値がゼロを突破しマイナス一メートルになった。高度ゼロは、マビックを離陸させた地点の高度を意味する。つまり、アンドリーが今現在いる場所の高度だ。地図情報によると、川はアンドリーが現在いる地点より標高が五メートル低い。

アンドリーは、マビックをさらに慎重に下げた。

マイナス三、マイナス四、マイナス五……と突然、矢印が移動し始めた。

コントローラーのモニターを一緒に覗き込んでいたディーブが小さく叫んだ。

「やったぞ！」

アンドリーはイヤフォンを耳に押し込んだ。雨の音と川を流れる水の音が聞こえる。

アンドリーはバッテリーの消費を少なくするため、アイドリング回転するプロペラを止め、カメラの電源も落とした。

ディーブがスマホを取り出し、ソフィアが作った兵器図鑑データベースを立ち上げた。

画面にはロシア軍の戦車や装甲車の一覧が出た。

アンドリーは、どんな音も聞き漏らすまいとイヤフォンを耳に強く押し込み集中した。

まるでテレビ映画で見た、潜水艦のソナー兵にでもなった気分だった。

矢印はどこにも止まらず、地図上をドネツ川の下流へとゆっくり流れて行った。

午後十時きっかり、アンドリーは二機目のマビックミニを離陸させた。

オートパイロットに設定したドローンは、さっき記憶させた地図座標に向かって自動的に飛んでゆく。

しかし今度も、何事もなく流れて行った。

午後十一時きっかり、三機目のマビックミニを飛ばしたが、同じことだった。

また流れ去ってしまった。

「ポンツーンとポンツーンの連結部分に隙間ができる。その隙間を流れて行ったのではないだろうか？　もしかしたらロシア兵が気づいて、ドローンを川から拾い上げ、そのまま下流に流しているのではないだろうか……」アンドリーの額に脂汗が滲んだ。

「もし敵戦車部隊が川を渡ったら、我々の祖国、ウクライナは終りだ」と語ったイーグル隊長の鋭い視線が脳裏に浮かんだ。

アンドリーはポーランド人のおじさんとのやりとりを思いだした。

「戦争はそんなに甘いもんじゃない。君みたいな者が軍に入っても足手まといにしかならないよ。君のせいで部隊が危うくなることもあるんだぞ」

カンカンに怒ったユリアの顔まで思い浮かんだ。

「あんたみたいな、ひ弱なあまちゃんに、いったい何ができるっていうのよ？　さっさとポーランドに逃げなさいっ！」

アンドリーはきつく目を閉じ激しく頭を振った。

「僕の浅はかな思いつきのせいで、味方が全滅してしまうんじゃないだろうか」

目を閉じると、あのカマキリのようなロシア兵の薄ら笑いが浮かんで来た。クチャクチャと音を立て下アゴだけ左右に動かしている。薄ら笑いが高笑いに変わった。

あれこれ考えていると胃がねじ切れそうだ。

ディーブは、まるで他人事のようにクラッカーを齧って、ミールに『お座り』や『お手』をさせては餌を食べさせていた。

午後零時、日付が五月十二日から十三日に変わった時、四機目のマビックミニを離陸させた。

矢印は地図上のドネツ川をゆっくりと移動し、ある地点で止まった。

「止まった！　ディーブ、止まったよ」

アンドリーはイヤフォンを思いっきり耳に押し込み、さらに手で耳を覆った。

「アンディ、何か聞こえるか？」

「うん、雨と川の音に混ざって、ゴゴゴゴゴっていう音が聞こえる。ほらっ」

「ほんとだ、この音はＴ７２だ。あっ、何か話し声まで聞こえるぞ。ロシア語だ」

ロシア語があまり得意でないディーブは、すぐにイヤフォンをアンドリーに戻した。

「そのままそのまま、もっと右だ、それじゃあ川に落ちるぞ、って言ってる。橋から戦車が落ちないように誘導してるんだ。ディーブ、間違いないよ。すぐ連絡するんだ！」

「わかった！」ディーブはトランシーバーのＰＴＴ《プッシュ・トゥ・トーク》ボタンを押し、声を潜《ひそ》めて喋った。

「司令部司令部、こちらウォータースパイダー。敵のポンツーンを発見しました。こちらウォータースパイダー。繰り返します。敵のポンツーンを発見しました、どうぞ」

『ザザザ、こちらボロン……ザザザ、ウォ、ザザザ……イダー、ザザザ……』

トランシーバーから聞こえるのは雑音混じりの声だった。ディーブは語気を強めた。

「こちらウォータースパイダー。敵のポンツーンを発見しました、どうぞ」

電波状態が悪い上にビニールシートを打ち付ける激しい雨の音でよく聞こえないのだ。

「ちょっと外で通話してくる」

「ディーブ、気をつけて」

「わかってる」

ディーブもアンドリーも顔はすでに迷彩ペイントを塗りたくってあるし、レインウェアも黒い。しかし、ディーブがビニールシートを出た数秒後だった。

ガシャン！　という金属が砕け散る音がした。

「ま、まずい、敵の狙撃兵だ！　トランシーバーがやられたっ」

塹壕に転がり込んだディーブは、手に、上半分が木っ端微塵になったトランシーバーを持っていた。

二人は大慌てでフォックス・ホールに飛び込んだ。

狙撃兵はトランシーバーの僅か二センチ四方の小さな液晶画面の光を頼りにディーブを狙ったのだ。ディーブは十字架のペンダントを握りしめて言った。

「この十字架がトランシーバーのアンテナに絡まったから僕は外そうとして首を傾けた。僕はこいつのお陰で命拾いしたんだ。ソフィのおかげだよぉ……」

「ディーブ、でもこのままじゃまずいよ。どうしよう」

「スマホで連絡しよう。さっきの大学生が言ってたろ。スターリンクを使えば電話できるよ」

「ディーブ、司令部の電話番号を知ってるの？」

ディーブは「あ、いけね……」と黙り込んだ。

「あっ、そうだ！」

アンドリーはメールをプリントアウトした紙を取り出した。徴兵事務局の電話が書いてあったからだ。そこに訊けば部隊の連絡先を教えてくれると思ったのだ。

しかし、雨で濡れた紙は肝心の箇所が滲んで読み取れなかった。

「ねえディーブ、どうしよう。戦車は今も、どんどん橋を渡ってるよ」

ディーブは意を決したように言った。

「司令部まで走る」

「でもあそこまで一時間はかかるよね」

「そうだ！　あの学生義勇兵のところまで行けばトランシーバーがある。僕とアンディはスマホで通話できるだろ。それで座標を知らせてくれ」

「こんな真っ暗なのに、ちゃんと行けるの」

「ミールを貸してくれ。その黄色い布もだ」

イワンがアンドリーにくれたスカーフのことだ。ついさっきまでイワンが自分の首に巻きつけていた物だから、まだ臭いが染み付いていると言うのだ。

ディーブがアンドリーの腕から外したスカーフをミールの鼻先に付けるとミールの目が獲物を狙う狼のようになった。それはまるで「よしわかった」と言ったようだった。

ディーブはミールを繋いでいたリードをしっかりと腕に絡み付けた。

「ミール、行くぞっ！」

ミールとディーブはフォックス・ホールを飛び出して行った。

腕時計をしていないアンドリーはスマホのデジタル時計を見つめた。

「００：３０」と表示されている。末尾の「分」を表す数字がなかなか変わらない。

コンバットブーツを蟻が這い上がって来た。追い払っても追い払っても這い上がって来る。やっと「００：３１」になると同時に、一匹の蟻がヘルメットと頭の隙間に入り込んで来た。

二分経ち「００：３２」になった。もう一匹、頭に蟻が入った。頭皮の中を二匹の蟻が這い回る。チクッ、チクッ、と二箇所に痛みを感じた。蟻が頭皮を噛んだのだ。

三分経った。今度は背中に蟻が入り、背骨伝いに首筋まで這い上がって来て、チクッと耳の付け根を噛んだ。追い払っても追い払っても、また別の蟻が首筋や脇腹や耳の裏側を這い上がって来る。イライラする。かゆい。頭が爆発しそうだ。

五分経ち十分経っても連絡は来ない。イヤフォンから聞こえる敵の戦車は続々と橋を渡って行く。

「ミールはちゃんと案内できるだろうか？　ディーブは狙撃兵に撃ち殺されたんじゃあないだろうか？」

ヘルメットの中の蟻が数十匹になるとイライラは沸点に達した。

アンドリーはヘルメットを脱ぎ捨て、自分の頭をガンガン殴った。その衝撃で、ショートしかけた頭の回路が直ったみたいな感覚だった。

「あっ、そうだ！　スイッチブレードだ」

アンドリーはスイッチブレードのケースを開けた。英語で「Explosive・Danger・Handle with care」と描かれた黒い硬化プラスッチケースだ。中には直径約十センチ、長さ約五十センチの円筒形をしたスイッチブレード300が三台入っていた。重量約三キロ。手榴弾と同程度の火力しかないので戦車や装甲車に命中させても撃破することは不可能だ。

しかし、ぼやぼやしていると敵の戦車軍団が川を渡りきる。やるしかなかった。

アンドリーは背嚢から発射管を取り出した。スイッチブレードより一回り大きなパイプ管だ。それに取り付けられた二本足を広げ、約四十五度の角度で塹壕の底に据え付けた。スイッチブレードの安全装置を解除し、発射管の先から迫撃砲の弾を落とし込むように入れると、ボンッ！　と小さな爆発音を立てて夜空に飛び出した。飛び出した瞬間、ジャックナイフのように翼を広げた。アンドリーはすかさずコントローラーを手にした。勢いよく発射されたスイッチブレードは、あっという間に高度百メートルに達し、グライダーのように滑空した。アンドリーはすぐに高度を下げ、五十メートルで水平飛行にし、北東方向に飛ばした。

最高速百六十キロ。マビックミニより遥かに早いスイッチブレードはあっという間にドネツ川の上空に着いた。大きく旋回させ、地図情報を見ながら、川の流れに沿って飛ばした。スイッチブレードのカメラは機体前方についている。アンドリーはカメラを真っ直ぐ前に向け、スロットルを全開にした。すると風で水滴が吹き飛んだ。

父のラーダは時々ワイパーが動かなくなった。雨の日は前が見えなくなる。それでも父は「ある程度スピードを出せば水が吹き飛ぶんだ」と笑ってラーダを走らせた。猛スピードで飛ぶスイッチブレードから送られてくる映像は、それとそっくりだった。両岸の木々が猛スピードで流れ飛ぶ。

目的地に近づくとロシア軍は煙幕をはっていた。アンドリーは高度を下げた。高度計が二メートルになった。水面すれすれを飛行して、ポンツーンを渡る車輌に体当たりさせようと考えたのだ。だが、スイッチブレードは車輌の上を飛び越えてしまった。

「まずい！　標高差を忘れてた！」

モニターに表示される高度は、アンドリーが今いる場所の高度だ。川の標高はマイナス五メートルだった。アンドリーは慌てて旋回させようとして目を見開いた。

「あっ、やばいっ！　橋がもう一本、架かってる！」

スイッチブレードは急降下爆撃に特化してあり、急旋回はできない。上昇させつつコントロールレバーを思いっきり横にしたが無理だった。矢印は急に動きを止めた。木の枝に引っかかったのだ。モニターには真っ暗な森が映し出されていた。アンドリーはすぐにコントローラーのキルスイッチでスイッチブレードを自爆させようと思ったが、思いなおし、イヤフォンの音を聞いた。

ロシア語で『オーライオーライ、もっと右、そのまままっすぐ進め、早くしろ……』などと聞こえる。

「しめた。気づかれていないぞ」

アンドリーは急いで二機目のスイッチブレードを発射した。川のすれすれを飛ぶ水平飛行にすると、今度は標高差を間違えないよう、高度計を見ながら慎重にマイナス三メートルまで下げた。

雨が少し小降りになったのか、さっきより視界がいい。橋が見える。橋を渡る車列が見えた。

「よし、トラックがいる。このまま真っ直ぐだ！」

アンドリーはトラックの前輪に向かってスロットルを全開にした。その時、スイッチブレードの右手に水柱が上がった。約三秒後、ドンッ！　という爆発音が聞こえ、画面がブラックアウトした。

命中したかどうかわからない。これがスイッチブレード最大の弱点だった。自爆型だから着弾観測できないのだ。しかし水に浮かべたマビックミニのマイクがある。アンドリーはイヤフォンに集中した。

『敵襲だ！　急げ！　迫撃砲だ！　急いで渡れ！』

川の音と雨の音に混ざってロシア兵の怒号が聞こえた。

「え！？　迫撃砲？」

スイッチブレードは迫撃砲の爆発力と比べるとはるかに小さい。いくらなんでもロシア軍の戦車兵がスイッチブレードと迫撃砲を勘違いするはずない。

『工兵っ、タイヤがパンクしたぞ！　タイヤを交換しろっ！』というロシア兵の怒鳴り声が聞こえた。

「やったぞ、スイッチブレードはちゃんと当たったんだ！　とすると、さっきの水柱は迫撃砲の攻撃だったんだ。ディーブが司令部に連絡できたんだ」

マナーモードのズーズー音がし、アンドリーは防弾ベストからスマホを取り出した。ディーブからだった。

「ディーブ、迫撃砲の着弾が五十メートルぐらい上流の方にずれてるよ！　僕がスイッチブレードで敵のトラックをパンクさせたからポンツーンの上で立ち往生してるはずだ。ディーブ、今がチャンスだ！」

『わかった！　すぐ砲兵に連絡するっ』

「それと、もうひとつ、やばいことになった。橋がもう一つ架かっていたんだ」

『え！？　何処にだ？』

「三十メートルか四十メートル下流に行ったところだ」

『はっきりわからないのか？』

「ディーブ、司令部にスイッチブレードがあったよね。あれを使って下流の橋を攻撃しろ」

『僕には急降下爆撃なんて無理だよ』

「違う。川の水面に沿って水平飛行させて横から体当たりするんだ。ラジコン飛行機を着陸させるのと同じ感じだよ。スピードを上げればカメラのレンズに付いた雨が吹き飛ぶから前が見える。ディーブ、ディーブならできるよ。ディーブ、やるんだ！」
『そうか、うん、よしわかった、やってみる。ミール行くぞっ！』

ディーブとの電話を終えると、アンドリーはすぐ三機目のスイッチブレードを取り出し発射した。ロシア軍の慣れた工兵がやればタイヤ交換なんて十分もかからないだろう。アンドリーは川の水面まで飛ばすと、今度は高度をマイナス二メートルにした。さっきより少し高い位置だ。そのままスロットルを全開にした。

車列が見えた。ポンツーンの上は渋滞の行列ができている。トラックは、まだタイヤ交換をしている最中だった。

「よし、このまま真っ直ぐだ！」

アンドリーはトラックの運転席に向かってスロットルを全開にした。トラックの運転席に乗ったロシア兵が一瞬、目を剥いた。ドウッ！　という小さな爆発音がイヤフォンから聞こえ、モニターはブラックアウトした。間違いなくトラックのサイドウィンドーを突き破った。運転席のロシア兵はただでは済まないだろう。ハンドルまで吹き飛んでいれば、修理にかなりの時間を要するのは間違いない。もうスイッチブレードは無い。できることは全てやった。アンドリーは大きく息を吐き、腰を下ろした。案の定、イヤフォンから聞こえるロシア兵の怒号は大混乱していた。だがアンドリーはぎょっとして身を起こした。

『突き落としてしまえ！』という声がしたのだ。

「やばい！　トラックを川に落とす気だ。すぐにまた川を渡ってくるぞ。まずいまずい……」

数分後、イヤフォンから、ザップ～ンという音がして、轟々というエンジン音とキャタピラの駆動音が次から次へと続いた。トラックを川に落として行軍を再開したのだ。

「ディーブ、早くしろ！　早く早く」

アンドリーはスマホを握りしめた。手汗が滲む。

もう二十分は過ぎた。一体、どれだけロシア軍の戦車や装甲車が橋を渡っただろう。今にも敵の戦車が塹壕を踏み潰すような気がする。塹壕の入り口からロシア兵たちがなだれ込んで来て、あのカマキリ男が現れるような気がする。アンドリーは慌ててヘルメットを被りなおした。心臓が早鐘を打つ。いてもたってもおられず、ディーブに電話しようと思った、その時だった。イヤフォンが、バチッ！　と鼓膜が破れるかのようなノイズ音をたてた次の瞬間、そこいらじゅうが真っ赤に染まった。アンドリーはイヤフォンを投げ捨てた。その数秒後、この世の終わりかと思われる爆発音が空気を伝わって来た。

投げ捨てたイヤフォンを拾って再び耳に押し込むと、ビーという信号音だけが聞こえた。

「か、かか、核か!?」アンドリーはとうとうロシアが核のスイッチを押したと思った。その時ズズズ……とマナーモードの音が鳴った。画面には大きな丸メガネをかけたディーブのとぼけた顔が映っている。すぐ出た。興奮したディーブの声。

『やったぞアンディ！』

「ディーブ、一体、何があったんだ？　核攻撃か？！」

『違うよアンディ。アンディに言われた通り、スイッチブレードを飛ばしたんだ。下流から低空飛行でタンクローリーの前輪をめがけて突っ込んだんだ。そしたら狙いが外れて、タンクの給油口に当たって大爆発したんだよ！』

「うわっ！　本当?!」

『ああ、本当だとも、間違いない。その炎を頼りに味方のドローンが、どんどん飛んでる。現場は真昼のように明るくなってるんだ。ほらっ』

ディーブはスマホのカメラを別のドローン兵が持つコントラーのモニターに向けた。

画面には、ものすごい炎をあげる燃料輸送車が映っていた。

ディーブのスマホからは、絶え間なく迫撃砲を発射する音が聞こえる。

「でも、もうずいぶん敵の戦車が川を渡り終わったけど、それは大丈夫なの？」

『ああ、それも今、猛攻撃中だ。最終的には歩兵が行って、ジャベリンやNLAWで叩き潰すらしい。あ、ちょっと待って。ボロン隊長が電話をかわれって言ってる』

『よくやったぞウォータースパイダー2。迎えをやる。それまで穴から出るな。敵の狙撃兵や敗残兵がうろうろしているだろうし地雷原もあるからな。わかったな』

ボロン隊長は早口で言うと、すぐまたディーブにかわった。

『やったぞアンディ！　僕たちはやったんだ！』

スマホのモニターが急にボヤけた。興奮したディーブの唾がスマホのレンズに飛び散ったのだろう。小躍りして喜ぶディーブの姿がぼんやりと見えた。


そのままフォックス・ホールの中に隠れていたアンドリーを、二日後の朝、二人組の歩兵が迎えに来てくれた。穴の中での二日間は永遠とも思えるほど長く感じた。

司令部がある倉庫の中にトラックが入り、寝不足と疲労で朦朧となったアンドリーが荷台から降りるとミールが飛びついた。ミールに飛びつかれたアンドリーは、ふらふらとそのまま床に尻餅をついた。ミールは千切れんばかりに尻尾を振りアンドリーの顔を舐めた。

続いてディーブとイーグル隊長が歩み寄って来て、アンドリーを抱き起こした。

ディーブも隊長も「大丈夫か？」と言いつつ満面の笑みを浮かべている。「諸君、改めて紹介するぞ。ディーブ二等兵と義勇兵のアンドリー君だ。渡河するロシア軍を発見し、最初の一撃をぶちかましてくれた今回の英雄だ！」

イーグル隊長が右手でアンドリーの肩を、左手でディーブの肩を叩きながら言うと、倉庫内に拍手が沸き起こった。

「二人とも、よくやったぞ」と隊長はそのまま二人にヘッドロックをかけた。

ディーブもアンドリーも、他の兵隊たちに、もみくちゃにされた。

「見ろ、これを」

隊長が指差したパソコンには、ドローンで撮影された映像が映っていた。

川幅約八十メートルの水中に、無残に破壊されたロシア軍のポンツーンがあった。

橋桁が途中で折れ、戦車や装甲車と一緒に川底に沈んでいるのがはっきりと映っている。

早朝、雨が上がった後で撮られた映像だった。

しかし、映像のあちらこちらにボカシが入っている。アンドリーは目を疑った。

「もしかしてこれ、ユーチューブですか?!」

「そうだ、もう司令本部で映像が吟味され、世界に発表されたものだ」

隊長の話では、ディーブが燃料輸送車を爆破したのをきっかけに、友軍の迫撃砲と榴弾砲を雨あれと撃ちこんだ結果、敵の二個戦車大隊の戦術群をほぼ全て撃破したということだった。映像を元に大雑把に確認しただけでも、敵の戦車、装甲車など、合わせて七十輌以上、敵兵の死者負傷者は合計千人にもなるだろうと推察された。

今後の戦略上、アンドリーとディーブが行ったドローンを川に流す方法や、スイッチブレードのことは秘匿されたが、そのニュースの概略は昨日のうちに世界中を駆け巡った。

第二次世界大戦以降最大の攻防『ドネツ川の戦い』として、すぐウィキペディアにも掲載されたそうだ。

「こっちがオリジナルの映像だ」

隊長は、修正していない映像を見せてくれた。それには川底をゆっくりと流れるロシア兵の死骸が映っていた。防弾ベストや重い装備のせいで浮かばないのだ。浅瀬では、ロシア兵の腹からはみ出した内臓に魚が群がっている。そのロシア兵はまだ生きて動いていた。陸上には、手足が千切れ、バラバラになったロシア兵の死骸が散乱している。アンドリーは息を飲んだ。

「あまりにも衝撃的な映像は配信できないんだよ。西側の世論が戦争を止めろと言い出しかねないからな」

と隊長が言った直後、電話が鳴って隊長は背中を向けた。

他の兵士たちが口々に叫んだ。

「とにかく、お前たちはヒーローだぞ！」

「やったぞ！」

「俺たちは勝てるぞ！」

この大戦果のおかげで、しばらくの間、ロシア軍はドネツ川を渡って来ることはないだろうという予測だった。机の上には食べ物や水やお茶が並べてある。

酒のない戦勝祝賀会だった。

偶然、倉庫の高窓にある隙間から太陽光線が差し込んで、アンドリーとディーブを照らした。斜光は二人をスポットライトのように浮かび上がらせた。

ディーブとアンドリーがもみくちゃにされていると、隊長が「おい、ディーブ君、電話だ。司令長官だ」と言った。

その瞬間、部隊全員、水を打ったように静まり返った。

「へ！？　し、しし、司令長官？」

半信半疑の顔でディーブが電話を受け取ると「はっ！」と直立不動の姿勢になった。

「はっ！　はっ！　はいっ！　いえ、私ではありません。アンドリーという民兵のおかげです。あ、はいっ！　はっ！　はいっ！　えええっ？！」

ディーブは片手で電話を持ったまま最敬礼し、続けた。

「はっ！　はっ！　ええっ！　ありがとうございます！　あ、そうだ、すみません、それと彼が連れて来てくれたミールという犬もです。あ、は、はいっ！　今、かわりますっ！」

ディーブはアンドリーに電話を渡しながら「アンディ、大統領だ」と言った。

「ええっ！　だ、だだ、大統領？！」

半信半疑のアンドリーは、恐る恐る受話器を受け取った。

アンドリーが電話に出ると、独特の低い声。それはまさしくウクライナ大統領の声だった。テレビのコメディ番組やドラマやニュースでよく見ていたからすぐに分かった。

「はっ！　はっ！　はいっ！　いえ、私ではなくディーブのおかげです。あ、はいっ！　はっ！　はいっ！　えええっ？！　犬にもですか？！　あ、はいっ！」

アンドリーは「あ、ありがとうございますぅ……」と言って、先方が切るのを待ってから、丁寧に、ゆっくりと電話を切ると、隊員たち全員の視線がアンドリーに集中した。

「だ、大統領が、僕たち二人に勲章をくれるそうです。犬にもです！」

アンドリーがそう言った直後、太陽が雲に入ったのか、スポットライトが急に消えた。倉庫全体が静まり返り、暗闇の中から、チッ！　と舌打ちをする音が聞こえた。目が慣れてくると皆の表情が変わって見えた。アンドリーは、高窓の隙間から太陽光線の代わりに、どんよりとした別の気配が差し込んで来るのを感じた。

「よかったな、おめでとう」と声をかけてくれた兵士が、そのすぐ後に「なんだよ、俺だって敵の戦車を何台も破壊したんだぜ、チッ！」と小さく舌打ちしたのだ。

包帯で片目をぐるぐる巻きにした兵士が唾を吐いた。

「ペッ、ちくしょう犬に勲章かよ。俺はロシアのクソどもを五人以上狙撃したんだぜ」

目に巻いた包帯が血で滲んでいる。

「え、あ、い、いや、僕は、あの、その……」

アンドリーは下を向いて黙り込んだ。ディーブはメガネを拭き出した。

倉庫の隅には屍体袋が置かれている。今回の戦闘で死んだ者たちだ。

三つや四つではない。何十個もあるのだ。もしかしたら僕たちを守ろうとしてくれた味方の兵士かもしれない、そう思うとアンドリーは消え入りそうな気持ちだった。

唐突にパーティーは終わり、兵士たちはそれぞれの持ち場に戻って行った。

アンドリーの気持ちを察したのか、隊長がアンドリーの肩を叩いて言った。

「士気を高めなければいかんのだ。ま、戦争とはそんなものだ。有難く貰うことだな。ほら、お前にも褒美だぞ。お前は勲章より、こっちの方がいいよな、よしよし」

優しい目をしたイーグル隊長はミールにハムの塊をやると、急に立ち上がって姿勢を正し、軍靴の踵を鳴らして声を大きくした。

「諸君！　これで戦いが終わったわけじゃない。ハルキウもスラビャンシクもセベロドネツクも、猛攻撃を受けていると司令部から連絡が入った。アゾフスターリ製鉄所も陥落寸前だ。うまい酒で乾杯でもしたいところだが、我々には、まだそんなゆとりはない。これからもしっかり頼むぞ。ウクライナに栄光あれ！」

バラけていた隊員たち全員が「うぉー！」と、勝ち鬨《どき》を上げた。

「ウクライナに栄光あれ！」

と叫んだ兵士が国歌を歌い始めると、すぐ全員が唱和し『ウクライナは滅びず』が、倉庫じゅうに響き渡った。歌い終わると口々に叫んだ。

「今に見てろよ、次は俺が勲章を貰うぞ！」

「いや、今度は俺の番だぜ！」

目に包帯を巻いた男が大声をあげた。

「俺だってやるぜ！　片目でもライフルは撃てるからな」

あの二人の学生義勇兵、イワンとミハイロの姿がなかった。アンドリーが隊長に訊くと、イワンは戦死、ミハイロは爆撃により両目に被弾して、現在、野戦病院で手当てを受けているそうだ。

「残念だが失明はさけられない」と隊長はゆっくりと鷲の目を閉じて首を横に振った。

「アンディ、ほら、これ。イワンの形見になってしまったね」

ディーブはそう言いながら黄色いスカーフをアンドリーに返した。

どんなにキザな男でも、普通のウクライナの男はスカーフを首に巻くなんてしない。逆に女性はよくプラトークというスカーフを頭や首に巻く。

イワンがくれた黄色いスカーフの四隅には小さな花柄の刺繍がしてあった。

「もしかしたらこのスカーフは、イワンのお母さんのかもしれない。僕がこれをもらったせいでイワンのお守りがなくなったんだ……」

アンドリーはスカーフを握りしめた。

「ミハイロはカメラマンになりたいと言っていた。目が見えなくなったんじゃあ、その夢も終わりかな……」

カメラのバッテリーが切れるようにアンドリーの目の前が暗くなった。

第四章　空飛ぶロシア製ナイフ

次の日、ディーブに転属命令が下された。転属先はウクライナ北部の町スームィだった。

その場所はロシア国境近くでアンドリーの村にも近い。ロシア軍に占領されたハルキウ州奪還作戦のため兵を密かに集結させているということだった。

「この場に残って、犬を訓練し、地雷除去を手伝って欲しい」

とアンドリーはイーグル隊長から頼まれたが、アンドリーはディーブと一緒に転属することにした。ディーブと離れるのは不安だったし、もしかしたら、あのロシア兵を見つけ出せるかもしれないと思ったからだ。

「そうか、残念だが仕方がないな。君たちはいいコンビだ。これを持っていけ」

イーグル隊長はディーブにタバコの箱を手渡した。箱にはサンタクロースが三頭立ての馬ゾリに乗ったイラストが描いてある。ロシア語で『トロイカ』と書いてあった。

中にはタバコではなく、あのブラック・ホーネットが入っていた。おもちゃみたいなマイクロドローンだが、値段を聞いて驚いた。なんと新車のファビア以上の金額なのだ。

「私が持っているより君たちが持っていた方が役に立つだろう。健闘を祈る」

イーグル隊長は敬礼して、二人を送り出してくれた。


着任したドローン部隊はスームィの町外れにある大きな体育館を基地にしていた。

ハルキウ州北東部の国境地帯を管轄するウクライナ陸軍第十大隊に新設された『第八ドローン情報偵察部隊』だ。

ディーブとアンドリーが入って行くと、背広の軍服を着た年配の男が「ああ、君たちか」と言いながら近寄って来た。肩章を見たディーブが慌てて敬礼した。

階級章はなんと、キャプテン（大佐）だ。アンドリーも慌てて敬礼した。

大佐といえば身分が違いすぎて一介の二等兵や民兵が話をできる相手ではない。

品定めでもするようにディーブとアンドリーを眺め回した大佐が「よろしく頼むよ」と言うと、ビシッ！　と音が聞こえそうな敬礼をしたディーブは「イエッサー！」と答えた。

部下を従えた大佐は「キャプテン・ロゴスキー」と呼ばれていた。ハルキウ州の全土奪還という大反撃作戦のために、ドローン部隊だけでなく、砲兵隊や狙撃隊など、色々な部隊をまとめる諸兵科連合軍を作っている、その総司令官だ。

「リュドミラ君、きみの部隊に入れてやってくれ。例のドネツ川のヒーローだ」

大佐は、側にいた女性兵士に下命して、すぐに行ってしまった。

ウクライナ軍には女性隊員が大勢いるが、最前線にまで派兵されている女性兵は珍しい。

ディーブが慌てて敬礼をすると、伍長の階級章が付いた女性兵士は軽い敬礼を返しながら言った。

「よろしくね。みんなは私のことを『クノッチ』って呼んでいるわ。それが私のコードネームよ」

口角を上げているから笑っているように見えたが、目は笑っていない。カーキ色のＴシャツから出た腕はかなり太く筋肉質だ。右手の爪には黄色、左手の爪には水色のマニキュアがしてある。顔の火傷を黒髪のボブヘアーで覆い隠すようにしている。

「着任して間もない」と言うリュドミラはおしゃべりだった。

薬指にした結婚指輪をアンドリーが見ていると、その視線を感じたのか、「婚約していた男が戦死し、その恨みを晴らすために最前線に志願したのよ」と笑った。

このドローン情報偵察部隊はエアロロズヴィドカ（空中偵察）という民間のＩＴ技術者集団から派生したチームとの混成で、研究開発も行っているようだった。机の上に置いてある３Ｄプリンターの中では、プラスチック製の部品ができつつあった。

ドローンから小型爆弾を投下すると、ぐるぐると回転し命中精度が落ちる。それを解決するため、爆弾に取り付けるフィンを製作しているそうだ。

「おい、クノッチ、こいつらか？　スーパードローンボーイズというのは？」

ドローンの組み立て作業をしていた兵士たちが集まって来て、アンドリーとディーブは男たちに取り囲まれた。

アンドリーとは親子ほども歳の離れた中年のおじさん兵士がほとんどだ。

「うん、そうよ、この子たちよ」

「ドネツ川じゃあ、大活躍だったんだってな。ヒーローさんよ」

男たちはアンドリーとディーブを眺め回し、ニヤニヤ笑いながら言った。

「よろしく頼むぜ、早くスイッチブレードの飛ばし方を教えてくれよ」

リュドミラの号令で、早速、全員トラックに乗り込み操縦訓練に出かけた。この辺りの制空権はウクライナ側にあるので、昼間出かけても問題はないということだった。

練習場は州刑務所の隣にある大きな空き地だった。

空き地には累々たる身元不明者の墓があった。大量にある屍体が気温の上昇とともに腐敗し始めたので、やむなくこんな場所に埋葬されるのだ。ロシア兵の屍体も山積みされていた。ロシア兵の屍体は大きな穴の中に投げ入れるように埋められていた。

震え上がったアンドリーを見て、中年の兵士たちはからかうように言った。

「しっかりしてくれよ、先生」

気を取り直したアンドリーがブラックウイングを発射管で打ち出すと、薄ら笑っていた兵士たちは急に真顔になり空を見上げた。

アンドリーは上空三百メートルでグライダーのようにゆっくりと旋回飛行させると、兵士たちに操作手順を説明した。

「上空で敵を見つけたら、ここのスイッチを押して『ロックオン』してしまえばいいんです。でも敵が急に動いたり、風が吹くと目標に当たりません。それを修正するには、ロックを解除して手動で当てるんです」

リュドミラがモニターを覗き込みながら言った。

「飛行機は自動操縦にしてしまえば目的地までたどり着けるけど、最後はパイロットがマニュアル操作で着陸させなくてはいけないのと同じなのね」

「あ、はい、そうなんです。このスイッチ・ブレードは爆発力が弱いので、確実に人に当てなければいけません。車ならガラスを突き破れます。でも戦車ならハッチの中に飛び込ませるんです」

「戦車のハッチだと!? 嘘だろ？ お前はそんなことができるのか？」

中年の兵士が「いったい、どうやってやるんだよ」とモニターを覗き込んだ。

「ほら、アンディ、これに命中させてみなよ」

ディーブがビニール袋に息を吹き込み、即席のターゲットを作って手を伸ばした。

「うん、わかった」アンドリーが返事をすると「まじかよ？ あぶねぇじゃねえかよ」と中年のドローン兵が後ずさりした。

アンドリーが上空で旋回飛行をするブラックウイングを急降下させようとした次の瞬間、リュドミラが持っていた無線に緊急連絡が入った。

「訓練は中止して！ すぐに行くわよ！ 全員、戦闘準備！」

リュドミラの号令で、急遽ブラックウイングを回収してそのまま全員トラックに乗り込んだ。『ロシア兵を発見した』とのことだった。

トラックには何時でも緊急出動できるよう常に実戦で使うドローンが積んであった。

隊員たちは荷台に乗り込むとすぐにドローンやライフルのチェックを始めた。

リュドミラが突然スキンヘッドになったのでアンドリーは目が点になり口を開けた。

黒髪のボブヘアーはカツラだったのだ。リュドミラは頭の皮までケロイド状に火傷をしていた。見てはいけないと感じたが釘付けになった目が離せない。

リュドミラは、カツラの代わりにヘルメットを被ると「この顔はね、テルミット焼夷弾にやられたの」と、口を開けたままのアンドリーに言った。

テルミット焼夷弾とは、国際条約で使用が禁止されている非人道兵器だ。二千度以上に燃え上がったマグネシウム合金を空から降らせるのだ。

アンドリーは慌てて視線を外し、ヘルメットや防弾ベストのベルトを締め直し、イワンの形見である黄色いスカーフを腕に巻きつけるが、手が震えるのでなかなか結べない。

リュドミラはアンドリーの顔を覗き込んで言った。

「あなた、白くて綺麗な肌してるわね。羨ましいわ。私はこんな顔だから迷彩ペイントをする必要ないのよ」

中年の兵士が「隊長はクノッチですからね。忍法、隠れ身の術ですかい」と笑った。

どうやら『クノッチ』というのは女忍者『クノイチ』のことらしかった。

ディーブは、とっくに準備を終わり、カラシニコフを持って目を閉じていた。

どうにかスカーフを結び終えたアンドリーの顔をリュドミラは、まだ覗き込んでいる。

はっ！　としたアンドリーは慌てて防弾ベストのポケットに入れておいた迷彩ファンデを取り出し、急いで顔に塗った。上唇を塗っている途中で、ガタンッ！　とトラックが揺れ、迷彩ファンデが鼻の穴に飛び込んだ。

リュドミラがアンドリーの鼻を突っついて「やっと男前ができ上がったわ」と笑った。


着いた所は鬱蒼とした森の中だった。ロシア国境まで、あと十キロといった所だろう。

先に到着していた味方のドローン偵察兵が窪地に身を潜めていた。

「いるぞいるぞ、ネズミが七匹、この穴の中に隠れているんだ」

モニターには、上空百五十メートルからドローンで撮った塹壕が映っていた。モニターに映し出された塹壕の溝はクネクネと曲がった蛇のように見える。

偵察兵はモニターのとある一点を指差して言った。

「ここが敵のフォックス・ホールだ」

アンドリーたちと一緒に来た中年のドローン兵が怒鳴った。

「俺にやらせてくれ！　垂直落下型爆弾のテストができるぞ」

中年のドローン兵はマトリス６００を組み立て始めた。マトリス６００とは、マビックと同じく中国製ＤＪＩ社のドローンだが、全長三十センチのマビックよりはるかに大きく、両手を広げたぐらいある。本来は映画撮影用のムービーカメラを載せる六枚プロペラの大型ヘキサコプターだ。

ドローン兵はマトリスに四個の爆弾をぶら下げると、コントローラーのスイッチを入れ始動させた。スロットルレバーを目一杯倒すと六枚のプロペラが高速回転し、マトリスは猛烈な音と風と土埃を巻き起こして重そうに、ゆっくりと舞い上がった。

上空、約百五十メートルでホバリングさせるとマトリスのモーター音は、蚊の泣くような音になった。ドローン兵は真下に向けたカメラの画面中心に塹壕の穴を合わせ、一個目の爆弾を投下した。

「ロシアのクソ野郎め、ケツの穴にぶちこんでやるっ！　これでも食らえっ！」

落下した爆弾が横風に流される。

「あああ……ちくしょう！」

爆弾は塹壕の外、穴から約五メートルの地点に着弾し、爆発で舞い上がった砂ぼこりが風で流れた。

「よっしゃぁ、今度こそ！」

ドローン兵は少し風上に位置を修正して二個目の爆弾を投下したが、三メートルずれた。

「クソったれめ！」

ドローン兵は悪態をつきながら三個目の爆弾を投下した。

今度は修正が大きすぎて、穴から二メートル行き過ぎた場所に着弾した。

「クソッ！　また外れやがったぁ、チッ」

中年のドローン兵が舌打ちした次の瞬間、だんだん近づいて来る爆撃の恐怖に堪らなくなったのか、一人のロシア兵が穴から飛び出した。

ライフルも持たず大慌てで逃げ惑っている。

「今度こそ、みてろよ！」

ドローン兵は逃げるロシア兵を追いかけた。ヨタヨタと転びながら逃げるロシア兵の前方約五メートルに合わせて爆弾を投下した。一、二、三、四秒後、爆弾はロシア兵が走り過ぎた直後の地面に炸裂した。爆風でロシア兵は転んだが、すぐに立ち上がって逃げた。

「ちくしょう！　また外れた。弾切れだ。あ、まずいっ、バッテリーもだ」

マトリス６００は通常六キロのペイロードで十五分程度飛行できるが、重い爆弾を四個も積む過積載状態でバッテリー消費が多かったのだ。

「あ、あの、すみません。僕にやらせてもらえませんか？」

アンドリーが言うと中年のドローン兵が振り向いた。

「ん⁈　誰だ、お前は？」

アンドリーはリュドミラに向かって言った。

「僕なら、スイッチブレードで敵を倒せると思います」

リュドミラは一瞬考え込んだが「そう？　じゃあやってみて」と即答した。

「それなら僕がこれで着弾観測します」

ディーブがトラックに積まれていたマビック３ＣＩＮＥを出した。

それはスウェーデンの名門ハッセルブラッドカメラを搭載した、４Ｋどころか５Ｋ以上の高精細映像が撮れるマビックシリーズの最高機種だ。

アンドリーはスイッチブレードを取り出すと、発射管を地面に据えて発射し、現場に急行させた。ディーブもマビック３ＣＩＮＥを飛ばしフルスピードで後を追った。

逃げたロシア兵は畑のあぜ道を走っていた。足を引きずっている。

アンドリーはスイッチブレードをロシア兵の前方約百メートルに先回りさせ、地面すれすれの水平飛行にした。点だったロシア兵がみるみるうちに大きくなる。ロシア兵は命乞いをしている。恐怖に怯える顔がモニター画面いっぱいになった。眉間を狙った。しかし少し下がった。「しまった！」とアンドリーが声をあげた瞬間ブラックアウトした。ディーブが持ったモニターの高精細映像を食い入るように見ていた全員が静まり返った。アンドリーは振り返ってリュドミラに訊いた。

「外れたんですか?」

「え、あ、い、いや、当たったわ。命中したわよ」

リュドミラは口ごもった。

アンドリーはすぐに二機目のスイッチブレードを発射した。

今度はフォックス・ホールの横穴深く爆撃するため、地面すれすれに飛行させた。

穴に飛び込んだ瞬間、恐怖に引きつる数人のロシア兵が見えブラックアウトした。

それから数秒後、ディーブが持つモニターを覗き込んでいた中年のドローン兵が怒鳴った。

「あっ、逃げたぞ、穴から飛び出してきやがった。一匹、二匹、いや、三匹だ!」

アンドリーはすぐに三機目のスイッチブレードを発射した。

ロシア兵は畑の中を走って逃げていた。向かう先には雑木林がある。そこまで二百メートル以上あるだろう。アンドリーはスイッチブレードをロシア兵の前に大きく回り込ませ、さっきよりさらに低空を飛ばした。画面いっぱいにロシア兵の全身が映った瞬間、ブラックアウトした。防弾ベストの下、下腹部のど真ん中に命中したはずだった。

「どうですか?」

リュドミラも他の隊員たちも全員、無言になった。

アンドリーは歓喜の声がしないのが不思議だった。

「残り、二匹だ。あ、一匹は木の下に隠れたぞ」

とまた中年ドローン兵が怒鳴った。

アンドリーは四機目のスイッチブレードを飛ばして林の中に逃げ込んだロシア兵を探した。上空からは見えない。しかし、地表付近まで高度を下げると丸見えだった。

ロシア兵は太い木から顔を出してドローンを探しているようだった。ロシア兵は上空に気を取られていて、地面スレスレを飛ぶスイッチブレードに全く気付いていない。アンドリーはその木からのぞき出した顔をめがけて突っ込んだ。ブラックアウトした。今度は命中したかどうか聞かなかった。木が邪魔になって、上空のマビックからは見えないはずだからだ。

アンドリーはさらに五機目を飛ばした。ロシア兵は国境へと通じる道をひた走っていた。ライフルも防弾ベストもヘルメットも、何もかもかなぐり捨てて逃げていた。時々振り返る。振り返った顔は恐怖で引きつっている。アンドリーはスイッチブレードの速度を失速寸前まで落とし、逃げるロシア兵の側をわざとゆっくり通り過ぎた。前方、百メートルで旋回させ、徐々にスピードを上げながらロシア兵に向けた。真っすぐ突っ込んでくるドローンにロシア兵の顔が恐怖でねじ曲がった。何か叫んでいるようだがドローンにはマイクが付いてないから聞こえない。アンドリーは咄嗟にコントロールレバーを倒して、顔のすれすれを通り過ぎ、ロシア兵の回りを、二、三回、周回飛行させてから、ゆっくりと上昇させた。まるで追い詰めたネズミをおもちゃにして弄《もてあそ》ぶ猫のように。アンドリーは味方のドローン兵たちに、さっき中断してしまった自分の操縦テクニックを披露しようと思った。

地面にうずくまったロシア兵はキョロキョロと辺りを見回している。付近にはロシア兵が逃げ込めそうな塹壕も森も何もない。ロシア兵は動かない、というより、おそらく恐怖のあまり腰が抜け、動けないのだ。

アンドリーは上空三百メートルから、ほぼ垂直に近い角度で急降下させた。うずくまったままのロシア兵の頭がだんだん大きくなる。ヘルメットを被っていないロシア兵の頭が画面いっぱいになった、次の瞬間、ブラックアウトした。

「どうですか？　命中しましたよね⁉」

アンドリーが自信たっぷりに振り返ると返事の代わりにリュドミラが反吐を吐いた。ディーブもモニターから目を逸らし手で口を覆った。中年のドローン兵は苦虫を噛み潰したようなしかめっ面をして痰を吐いた。

落下加速度がついたスイッチブレードは、ロシア兵の頭蓋骨を突き破り、喉を通って胸まで食い込んでから爆発したのだ。ロシア兵の上半身は木っ端微塵に粉砕され飛び散った。地面には、胸から上がない屍体が転がり、周囲には血だらけの眼球や脳みそや内臓がマカロニ・ボルシチをぶちまけたように広がっていたのだ。

アンドリーがディーブの持つモニターを覗いて見ようとすると、ディーブはすぐに『ＧＯ　ＨＯＭＥ』スイッチを押してマビックを戻した。アンドリーが「巻き戻して再生して見せてよ」と頼んでもディーブは首を横に降った。

「これはアール１８だ。子供には見せられないよ」

アンドリーがまだ小さかった頃、アクション映画の銃撃戦になると決まって突然、テレビが消えた。キッチンに立つ母がリモコンを使って電源をオフにしたのだ。母は子供だったアンドリーに残酷なシーンを見せたくなかったのだ。真っ暗になったテレビ画面にはポカンと口を開けたアンドリーの顔がうっすらと反射して映っていた。

スイッチブレードから送られて来る映像はそれと同じだった。

人を殺すという実感がアンドリーにはまるで無かった。

基地に戻るトラックの中、リュドミラのアンドリーを見る目つきが変わっていた。嫌なものでも見

るような目つきになっていたのだ。

ベンチシートに座ったリュドミラがアンドリーを睨みつけて訊いた。

「いくらなんでも、あんな殺り方、する必要あるの？　手か足さえ負傷させれば捕虜にできるでしょ？」

中年のドローン兵が「ガキの方が残酷なんだよ」と唾を吐いて続けた。

「お前、敵に捕まったら捕虜にもされず、拷問され、銃弾を食わされるぞ」

スナイパーが敵に捕まると、捕虜としてまともに扱われず、なぶり殺しにされるというのは有名な話だった。死骸を調べると、胃から銃弾が出て来るのだ。銃弾を飲み込むよう強要されるのだ。飲まなければ、口の中に数十発の銃弾を詰め込まれて殺される。

スナイパーは人としての感情を排除し、安全地帯から無慈悲に敵を殺害する。スナイパーは敵だけでなく味方からも恐れられ、蛇蝎《だかつ》の如く忌み嫌われる存在なのだ。

「いいじゃねぇか、どうせワグネルの囚人たちだろ。ロシアにゃ死刑がねえから、刑務所で飯を喰わせるのも金がかかるのさ。それならいっそのこと、こっちで殺してくれって送り込んで来るんだからな。気にすることはねぇさ。じゃんじゃん殺せ。お前は立派な死刑執行人だ」

別の隊員もアンドリーのことを庇ってくれた。

「そうだな、殺せ殺せ、どんどん殺せ。ロシア兵の家族が、お前みたいな子供に殺されたと知ったら驚くだろうぜ。ざまあみやがれだぜ、まったく」

本部への無線連絡を終えたリュドミラは、こめかみを押さえて目を閉じた。中年のドローン兵はタバコを思いっきり吸い込むと、ため息のように大きく白い煙を吐き出した。

その後、全員、無言になった帰路の車内は「負け戦からの撤退」といった雰囲気だった。

部隊は一旦、基地に戻ったが、息をつく暇もなく、また出動命令が下った。今度はハルキウ北東の市街地に近い場所だった。

一時間ほどで現場に着くと、東部方面自動車化狙撃中隊の兵士たちが、廃墟になったビルに身を潜めていた。

「約百メートル先の左。あのコンクリートの建物の中に潜んでいやがる。民間人を人質にとって立て篭もりやがったんだ。ロシアのクソどもめっ」

自動車化狙撃中隊の隊長が毒ずいた。

敵が何人なのか、人質の数すらも、まだはっきりと分からないということだった。

ビルが密集して立ち並んでいる上、敵が潜んでいるビルは六階建ての小さな建物だ。近づいた友軍の兵士が何人も敵に狙撃されたらしい。

路上には半壊した軍用車が炎を出している。その側には数名の友軍兵士が倒れていた。

近づく物は全て敵のスナイパーに狙撃されるのだ。

かなり時間が経っているのだろう、床には兵士たちが吸ったタバコの吸殻が散乱していた。完全に膠着状態に陥っている。

「しかし、せめてどの階に人質がいて、何人敵兵がいれば分かると戦いようがあるのだがな……」

自動車化狙撃中隊の隊長もイライラしながら灯けたばかりのタバコを踏み消した。

「これじゃあドローンも役にたちませんね。手も足も出ないマトリョーシカだわ」

リュドミラがカラシニコフを持ったまま腕組みをした。リュドミラは黄色いマニュキュアを塗った爪でキツツキのようにコツコツ……と、トリガーカバーを鳴らした。

黄色い注意信号が点滅しているようだった。

その時ディーブが「あっそうだ」と叫んでポケットからトロイカの箱を取り出すと、リュドミラがディーブを睨みつけた。

「こんな時に、あんたまでタバコなんて吸うわけ？　しかもロシア製」

「いえ、違います。隊長がマトリョーシカって言ったから思い出したんです」

ディーブはトロイカの箱からブラック・ホーネットを取り出した。

「何なの、それ？」

リュドミラが覗き込んだ。

「これ、マイクロドローンです。これなら、敵に気がつかれずに偵察ができます！」

ディーブはブラック・ホーネットの概要を自動車化狙撃中隊の隊長とリュドミラに大急ぎで説明した。ディーブの説明が終わると、すぐに作戦実行のゴーサインが下った。

少し前までウクライナ軍の兵士たちは旧ソ連式の訓練をされていた。しかし２０１４年にクリミアを併合されて以降、ウクライナ軍は西側の戦い方を取り入れた。その結果、現場で創意工夫して難局を乗り越えることを教えられた。上からの命令がないと動けないロシア兵と違って、細かな作戦は全て現場に委ねられるようになったのだ。

たった七センチほどのマイクロドローン、ブラック・ホーネットは、その名の通りスズメバチの羽音とそっくりな音をさせてディーブの手のひらから飛び立ち現場に向かった。

ビル六階、破壊されたガラス窓から侵入したブラック・ホーネットは、難なく室内を見回した。ブラック・ホーネットのピンホールカメラでは、玄関の覗き穴のようにディストーション（歪曲収差）を起こして映像が樽型に歪むが、それでも状況ははっきりと分かる。

六階は無人だった。

ブラック・ホーネットは、一旦、窓から外に出て高度を下げ、次に五階を確認した。

五階には、三名の狙撃兵が銃身の長いライフルを構えていた。

狙撃兵はブラック・ホーネットをチラッと見たが、すぐ銃のスコープに目を戻した。

四階には、五人のロシア兵がいた。うち二人はロケットランチャーを肩に担いでいる。

残りの三人はカラシニコフを携行していた。

三階には、拳銃を持ったロシア兵が一人で人質の見張り番をしていた。

人質は、その奥に居た。手足を縛られた五人の人が床に寝転がされている。五人とも拷問を受けたのか、顔から血が出ていた。そのうち二人は女性だった。

なんと衣服を剥ぎ取られ全裸にされていた。股間から血が出ている。

「ひ、ひどい！」

ディーブの側でモニターを見ていたリュドミラが絶句した。

「ちくしょう、なんてことしやがる。ロシアのクソどもめ」

自動車化狙撃中隊の隊長が唾を吐いた。

ブラック・ホーネットは二階と一階を確認したが、そこは無人だった。

結局、ブラック・ホーネットにはロシア兵の誰も気づかなかった。

ディーブがわざとふわふわと飛ばしたので、発見しても文字通りハチかトンボだろう、とでも思ったのだ。

すぐさま自動車化狙撃中隊の隊長がトランシーバーで指示を出した。

「五階にドラグノフを持った狙撃兵が三名。四階はＡＫが五名。うち二名がシュメーリを持っている。人質は三階の奥に五人まとまっている。人質の見張りは一人だけだ。ライフルは持っていない、トカレフだけだ。いいか！　合図をしたら五階と四階にはＲＰＧをぶち込んでやれ。三階には閃光音響弾と発煙弾を同時に撃て。撃つと同時に全員突入するぞ。わかったな！」

「こちらアルファ了解！」「ブラボー、了解です」「こちらチャーリー了解しました」

「こちらデルタ、了解、準備オッケーです」

「よしっ！　やれっ！」

ボンッ！　ボンボンッ！　と遠くから数発の爆撃音が聞こえた。ビル五階と四階の窓ガラスが吹き飛び、三階からは発煙弾の煙がもうもうと上がった。と同時にガスマスクを付けた数十人の兵士がビルに飛び込んで行った。

中隊長は十数個並べたモニターを見ている。ものすごく映像が揺れている。現場に投入した兵士のヘルメットに付けたアクションカメラだ。怒号や銃撃音など、緊迫感のある音声まで送信されてくる。

約三分後、トランシーバーから興奮した声が聞こえた。

「制圧しましたっ！　敵無力化、味方の被害なし。人質は全員生存していますが、拷問を受けたらしく、かなり負傷しています」

「了解。すぐに衛生兵をやる」

中隊長は別のトランシーバーに向かって怒鳴った。

「衛生兵！　現場に急行しろっ！」

数秒後、ディーブは戻って来たブラック・ホーネットをトンボでも捕まえるように指先でキャッチした。それを見届けた中隊長はリュドミラ向かって「さすがドローン情報偵察隊だ。助かったぜ、ありがとよ」と軽く敬礼し、すぐ現場に急行した。

リュドミラはディーブに向かって親指を立てた。

「よくやったわ。後でその小さなドローンが撮った映像と報告書を上げてちょうだい」

ディーブは「イエッサ！」と敬礼すると、「ふぅ〜」と大きくため息をついて、ブラック・ホーネットをトロイカの箱に戻した。

以後、戦闘に明け暮れる日々が続いた。

ドローン情報偵察部隊の基本任務は索敵だが、手榴弾や小型爆弾をドローンから投下する攻撃作戦も積極的に実施していた。３Ｄプリンターで作った尾翼を小型爆弾に取り付けて落下させるのだ。これを付けると、投下した爆弾が回転しにくくなり、命中率が上がる。

その作戦は「ゴキブリ退治」とか「シロアリ駆除」と呼ばれた。

上空から落とす小型爆弾は地面で炸裂してロシア兵の足に傷を追わせる。負傷したロシア兵たちは這いずり回って逃げた。上から見ると、ライフルを背負ったまま逃げ惑うロシア兵は六本足に見える。それがまるでアリやゴキブリのようなのだ。

ディーブも、スイッチブレードではなく、その爆弾を投下する方法を好んだ。俊敏性が必要なスイッチブレードよりも、上空でホバリングさせたドローンからクレーンゲームのようにじっくりと狙いを定めて落とす方法がディーブには向いていたようだ。

ある日、ディーブは止まった戦車のハッチが空いた隙に、手榴弾を落とした。

戦車や装甲車にはトイレがないから、乗組員が排便するには戦車の外に出る必要がある。

ディーブはその時を狙ったのだ。手榴弾がハッチの中で爆発すると、戦車の中に搭載された砲弾に誘爆して大爆発を起こした。

戦車の側で野糞をしていたロシア兵は白い尻を出したまま豚のようにのたうちまわって死んだ。基地に戻ると戦果報告として映像を提出する。

ディープの撮った映像を再生すると大歓声と笑い声が上がった。

「ロシアのクソ野郎がクソまみれだぜ！　ギャハハハ……」

それに比べてアンドリーがスイッチブレードで撮影した映像を見せても全然盛り上がらない。当たった瞬間ブラックアウトするので、クライマックスの見せ場がないからだ。

ＦＰＶ（ファーストパーソンビュー）自爆ドローンの最大の欠点であった。

そこでアンドリーは、あの『ウォータースパイダー作戦』でやったのと同じように、スイッチブレードにマイクを取り付けた。スイッチブレードのプロペラは機体後部に付いているので、先端にマイクを付けると、ちゃんと音を拾う。

アンドリーは逃げ惑うロシア兵の前にスイッチブレードを回り込ませ、わざと敵に気づかせてから突っ込んだ。激突する瞬間、ロシア兵が悲鳴を上げるの録音したのだ。

その映像をスロー再生すると、「うぎゃっ！」という一瞬の音声が引き伸ばされ、

「う……う……う……ぎ……ぎ……ぎ……や……や……や……っ……っ……っ……」

と、重低音の音声に変わる。まるでホラー映画に出る断末魔の喘ぎ声だ。

見た隊員たちは笑ってくれたが、それは次第にアンドリーの心を蝕んでいった。

普通、人が人を平気で殺せるよう順応させるためには厳しい訓練を必要とする。アンドリーはそのステップを飛び越えて戦場に来たのだ。それが自ら仕込んだマイクによって、「これは本当の人殺しなのだ」ということを再認識させた。

目を閉じると恐怖に歪んだロシア兵の顔が思い浮かび、喘ぎ声が聞こえる。

それでもアンドリーはマイクを付けたスイッチブレードを使い続けた。アンドリーは、その恐怖心に打ち勝つことが、父やディープのような強い男になり、一人前の兵士になるための修練だと考えた。

もう泣き虫だった頃の自分には絶対に戻りたくなかった。

スイッチブレードを使うアンドリーのキルレシオは、他のドローン兵に比べて圧倒的に高く、部隊にいる大人たちはアンドリーのことを褒め称えた。

そのうち、アンドリーのことをドローン・ボーイ（坊や）などと言う者はいなくなった。

誰もが畏怖の念を込めて「ドローン・スナイパー」と呼んだ。

しかし、ロシア兵を殺したスコアが上って、どんなに賞賛されてもアンドリーの不眠症はなおらない。疲労感と罪悪感が体と頭を覆い、目を閉じるとあのカマキリ男が薄ら笑いながらターシャを抱えて逃げて行く。

そのうち目を開けていても恐ろしい幻覚を見るようになった。だんだん無感情になり、ぼんやりすることが多くなった。ディーブの楽しみはソフィアとの会話のようだった。

ある日、興奮したディーブが駆け寄って来ながら叫んだ。

「やったぞアンディ！　ついにソフィがオッケーしてくれたんだ！　僕はソフィと結婚するんだ！　やった！　やった！　やった！」

ディーブはそこいらじゅうを駆け回りながら飛び跳ねている。

朦朧としたアンドリーはただ「ああそう……」とだけ返事をした。寝不足で頭がぼんやりする。耳鳴りがする。微熱があるのに悪寒がする。眠いが眠れない。物音がするだけで体が硬直して心拍数が上がる。他人が楽しそうに笑っているのを見るとイライラする。発作的に死にたくなる。時々「死ねば楽になれて母や父に会えるのかな」と夢想する。

典型的なＰＴＳＤの初期症状だった。

アンドリーは、ゲーム感覚で敵を殺害するほどには子供ではなかった。

だからと言って、戦争を頭で理解できるほど大人でもない。

十五歳という歳は、戦士、特にスナイパーとしては中途半端な年齢だった。

アンドリーの危うい精神のバランスをかろうじて保ってくれる心の支えは、何も言わず側に寄り添うミールだった。いつもミールは疲れ果てたアンドリーを見上げては鼻を押し付け、いたわるように手を舐めた。

アンドリーは、自分でも立って動けるのが不思議なくらいだった。出動命令が下されると夢遊病者のように体が動く。あのカマキリ男への憎悪がアンドリーを日々の戦闘に向かわせるエネルギーだった。仇を討てば何もかも解決すると信じていた。

「あいつさえ殺せばいいんだ。ウラジーミルめ、いつの日か絶対にこの手で殺してやる！」


その憎きカマキリ男、ウラジーミルを見つけたのは意外な場所だった。

戦闘の合間に、ドローン操縦訓練のためアンドリーとディーブがジョージアから駆けつけてくれた義勇兵たち五人を連れて、いつもの空き地に行った時だった。

そこにある共同墓地でミールが見つけたのだ。練習を始めようとした時、ミールが狂ったように吠え出した。リードを片手に絡みつけていたディーブは引き摺られ転んだ。

ミールは穴を掘っていた囚人に向かって吠えた。囚人は約三十人。全員、薄汚れた囚人服を着て、手にシャベルを持っていた。

捕虜となったロシア兵に、刑務作業として遺体を埋める墓穴を掘らせていたのだ。

その中の一人に向かってミールが飛びかかろうとしたが、ディーブが慌ててリードを引っ張った。

ミールが狼のように牙を剥いて唸ると、男は穴を掘る手を止め、ゆっくりと顔をあげた。

伸びた無精髭と尖ったアゴ。特徴のある頬の傷。手の甲に入れたドクロの刺青にミールが噛んだ傷跡。間違いない。ウラジーミルだった。

「とうとうみつけたぞ……」

アンドリーの声は怒りと興奮で震えた。

「殺してやる」

アンドリーはディーブのカラシニコフをもぎ取って男に向けた。

「うわっ！　何をするんだ、やめろっ」

と叫んだのはディーブだった。

「ディーブ、この男だよ。ほら、前に話しただろう。父さんと母さんを殺したあのロシア兵だ。死ねっ！」

アンドリーは引き金を引いたが、引けなかった。

「アンディ、やめろって言ってるだろ！」

ディーブがカラシニコフの銃身を掴んで地面に向けた。

「どうした坊や。銃には安全装置って物が付いているのを知らねぇのか？」

ウラジーミルが薄ら笑った。

「ヒヒヒ……、ほら、殺れよ、やってみろよ」

ウラジーミルはシャベルを持った手で手招きした。アンドリーとディーブがカラシニコフを奪い合っている最中、安全装置が外れ暴発した。

「おい、一体、何をやっているんだっ！」

銃声に驚いた見張りの看守が怒鳴り声を上げながら駆けつけた。『ＰＲＥＳＳ』と描かれた防弾ベストを着てカメラを持った数人のジャーナリストまで走って来た。

取材陣が一斉にアンドリーにカメラを向けて撮影を始めた。

アンドリーは男を指差し、カメラに向かって叫んだ。

「こいつは僕の母さんをレイプし、父さんを撃ち殺したんだ。こいつは人殺しだ！　この男は、僕の妹を誘拐したんだ！」

男は大げさに肩をすくめ、両手を広げてカマキリのような目で笑った。

「人違いだろ？　俺は何もしちゃあいねぇよ。そんな証拠がどこにある。俺は人殺しは嫌いだ。だからさっさと銃を捨てて降伏したのさ。おかげでうまい飯が食えるぜ、ヒヒヒ」

「こ、こ、このやろう。卑怯者！　人殺し！　殺してやる、ディーブ、お願いだからライフルを貸してくれ！」

「やめろアンディ、みんなが見てる。やめろって言ってるだろう」

ディーブはカラシニコフを両手で持って頭上に上げた。背が低いアンドリーでは届かない。アンドリーは防弾ベストのポケットからアーミーナイフを抜いてカマキリ男に飛びかかろうとした。

「やめろやめろやめろっ！」

今度はジョージアの義勇兵たちと看守がアンドリーを羽交い締めにした。

「お前はいったい何を考えているんだっ！」

「この映像が流れたらロシアの奴らが仕返しにウクライナ兵の捕虜を殺すぞっ！」

「捕虜の保護はジュネーブ条約で決まっている。こんなことが報道されたらまずいことになる。西側の支援が打ち切られるぞ。我慢するんだ」

アンドリーからナイフを取り上げた看守が言った。

「みんな捕虜にしたロシア兵どもを本当は皆殺しにしたいけど、必死で我慢しているんだ。それにロシアに連行された味方の捕虜と交換できるかもしれないんだぞ！」

それを聞いたアンドリーは地面にへたり込んだ。

男はアンドリーを見下ろし、せせら笑った。

「どうした、坊や。やっぱり俺のペニスをしゃぶりたいのか？　ヒヒヒ……」

カマキリ男は口からどろっとした粘り気のあるよだれを垂らし、ズズズッと音を立てて啜り上げた。吸い上げきれなかったよだれが無精髭を伝って地面に落ちた。


その夜、アンドリーはディーブに「お願いだ、あいつを殺すのを手伝ってくれ」と頼んだ。しかし当然、ディーブは首を縦に振らない。それまでアンドリーは「父さんと母さんはロシア兵に殺された」と、簡単に説明していただけだった。

「そんな人は、他にも大勢いるよ。僕だって父さんを爆撃で殺されたんだ。ソフィのお父さんもだよ」

ディーブはいつものように飄々としてクラッカーを齧りながらしゃべり続けた。

「僕は戦災孤児の収容施設に行ったことがあるけど、そこには何十人も何百人も、親を亡くした子供たちがいるんだよ」

「ディーブ、僕は、僕の父さんを目の前で殺されたんだよ」

「仕方がないよ、アンディ。それが戦争っていうものさ」

ディーブはそっぽを向いた。

「僕のお母さんは赤ちゃんがお腹にいるのに、あのロシア兵にレイプされて、腹を切り裂かれて赤ん坊を天井に吊るされたんだ。父さんは無抵抗だったのに、手を後ろに縛られたまま、頭を撃ち抜かれたんだ……」

ディーブはクラッカーを齧る口の動きを止めた。

「ねえディーブ、ディーブにだけ本当のことを言うよ」

アンドリーは唾を飲み込むと、両手の拳を力一杯握りしめて続けた。

「あいつは、僕にペニスをしゃぶれ。四つん這いになって尻を突き出せ、と言ったんだ。僕は恐ろしさのあまり、おしっこを漏らしてしまった。僕は自分が生き延びるために、あいつの汚いペニスをしゃぶろうとして口を開けたんだよ。僕はそんな自分が許せない。今でもあいつのペニスの臭いが鼻から離れないんだ。あいつが舐めた僕の耳の中に、あいつの汚い唾液が入っている気がするんだ。あいつを殺すまで、僕は、僕は……」

アンドリーの体は小刻みに震えた。胃酸がグツグツと音を立てて沸騰した。アンドリーは胃液を嗚咽し、激しく首を振った。

「一生、誰にも言うまい」と思っていた自分の恥部をついにさらけだしたのだ。

しばらく黙っていたディーブが食べかけのクラッカーをグビリと音を立てて飲み込んだ。

「でもどうやって殺るつもりなんだ?」

ディーブがつぶやくと、アンドリーは顔を上げ、口の周りに付いた吐瀉物を拭った。

アンドリーが考えた計画を話すとディーブはしばらく下を向いて考え込んでいたが、ふと顔を上げ、「よし、わかった」と大きく頷いた。

アンドリーはすぐにスイッチブレードの魔改造に取り掛かった。

先端に付いている起爆装置を解除し爆薬を外した。3Dプリンターで作ったプラスチック製のステーを使ってスイッチブレードの先端にナイフを取り付けた。銃剣《バヨネット》のようになったスイッチブレードにマイクとホイッスルを取り付けた。ナイフは、部隊に山積みされている捕虜から接収した武器や装備品の中からロシア製の物を選んだ。

爆薬の量を五分の一に減らして、再度、スイッチブレードの機体に用心深く組み込んだ。

さらに前後バランスが崩れた分、カウンターウェイトを機体後部に貼り付けた。完成する頃には窓から朝日が差し込んでいた。先端にナイフを取り付けた飛行機タイプのドローン、スイッチブレードは『空飛ぶ剣』になったのだ。

眠っていたディーブを起こし、すぐにディーブの運転する車に乗ってドローン練習場に行くと共同墓地には既に取材陣がいてカメラを回していた。

側ではジョージアから来た義勇兵たちがブラックウィングの操縦練習をしている。

スイッチブレードの練習には、風がない早朝が適しているからだった。

朝早いせいか、墓穴を掘る刑務作業をしている捕虜はまだ誰一人いない。

アンドリーとディーブは、六メートルもある刑務所の壁の側に座り、その時を待った。

アンドリーは耳を澄ました。

それから約一時間経過し、朝八時になった。

「ディーブ、始まったぞ、飛ばしてくれ」

耳をそばだてていたアンドリーが聞いた音は、刑務所内にあるスピーカーから流れる『点呼』のサイレンだった。

ディーブは静かにブラック・ホーネットを手の平から離陸させた。

アンドリーはディーブが持つコントローラーのモニターを覗き込んだ。

ブラック・ホーネットが塀の上に張り巡らされた鉄条網を飛び越えると、捕虜たちが規則正しく並んで点呼を受けていた。

横に十列、縦は八列、合計約八十人。あの男はすぐに分かった。身長が百九十センチくらいある男は、他の者より頭半分でかい。

ディーブはブラック・ホーネットを、わざとふらふら飛行させた。それはまるで本物のスズメバチかトンボのようだった。捕虜も看守も、チラッと見るがすぐに目をそらした。

あの男の目の前まで飛ばした。

男は爪楊枝代わりの小枝をくわえていた。アゴを左右に動かしている。まるでカマキリがコオロギの足を食べているようだ。男はブラック・ホーネットをハエでも追い払うように手を振り、しかめ面をした。

「手の甲にドクロの刺青がある。間違いない、あいつだ！」

アンドリーが言うと、ディーブはブラック・ホーネットを急上昇させ「前から五列目、左から三番目だぞ」と怒鳴った。

アンドリーはすぐにスイッチブレードを発射した。

発射音に、数人の取材陣が一瞬、こっちを見たが、すぐに興味を失い他所を向いた。

アンドリーは上空約百メートルの位置で、ゆっくりとスイッチブレードを旋回させた。

機体に取り付けたホイッスルが風を受けてヒュー、ヒューと鳴る。

刑務所全体が見渡せた。アンドリーは旋回飛行のままスピードを上げた。

今度は、ピー！　と高い音をたてた。トンビの鳴き声に似ている。

数人の捕虜が眩しそうに空を見上げた。次の瞬間、スイッチブレードは獲物を見つけた隼《ハヤブサ》のように急降下した。

「前から五、左から三、まえから、ご、ひだりから、さん……」

アンドリーは呪文のように唱えた。

加速したスイッチブレードは、ピー！　と長く甲高いホイッスルの音を引いた。

塀で囲まれた刑務所全体が箱庭のように見える。その中で整列する捕虜たち。あの男がみるみる大きくなってゆく。

「これでも食らえっ、ウラジーミル！」

男の口から小枝がポロっと落ちた。

「うぎゃあ！」

スイッチブレードの先端に取り付けたナイフは男の口に突き刺さった。

「う、う、うう、うぐぅぅぅ……」カメラはウラジーミルの顔面をどアップで映した。両目が飛び出しそうだ。ウラジーミルは喘ぎ声を上げながら機体を掴んで引き抜こうとした。口から血が噴水のように吹き出しレンズに飛び散った。モニター画面が真っ赤に染まった。

「くそっ！　死ねっ死ねっ死ねっ、死ねーっ！」

アンドリーはスロットルを全開にした。プロペラを付けたモーターが高周波音を立てる。抜けかけたナイフが、ググッ、ググッと、喉の奥深く食い込む。

「死ねっ死ねっ死ねっ死ねっ死ねっ死ねっ、死ねーっ！」

キュイーン！　スイッチブレードのプロペラは怒り狂ったように回転した。


「おいアンディ。アンディ、おいっ！」

ディーブに肩を叩かれた瞬間、思いっきり前に倒していたスロットルレバーが、ポキンと音を立てて折れた。アンドリーが肩で息をしていると、ディーブがコントローラーを突き出した。

「アンディ、もういいだろう、あの男は死んだぞ。ほら見ろ」

ディーブが見せてくれたブラック・ホーネットの映像には大の字に倒れたウラジーミルの姿があっ

た。ナイフが突き刺さった口からは、どす黒い血が溶岩のように流れ出ている。口に突き刺さったスイッチブレードは十字架のようだった。ついに鉄槌が下されたのだ。

周りを取り囲む看守もロシア兵の捕虜たちも呆然として、ただ遠巻きに見ているだけだった。

「おいアンディ！　早く証拠隠滅してずらかろう」

ディーブの言葉で我に帰ったアンドリーは、慌ててキルスイッチを押した。

ボンッ！　という小さな爆発音が塀の中から聞こえ、スイッチブレードは木っ端微塵になった。炸薬量を五分の一に減らしたスイッチブレードは粉々に砕け散った。

周りを取り囲む看守もロシア兵の捕虜たちも、爆発に驚いて、一、二歩、後ずさったが、誰にもダメージはない。大の字に倒れたウラジーミルの口には、ロシア製のナイフだけが突き刺さっていた。

「アンディ、よくやった。とうとう仇をとったな」

帰る車の中、運転席から振り返ったディーブにそう声をかけられると、後部座席に横たわったアンドリーは、全身が弛緩してゆくのを感じた。身体中から悪い物が流れ出るような気分だった。

アンドリーは大きく息を吐き、後部座席のフロアに座ったミールに囁きかけた。

「ミール、よくやった。済んだよ。復讐は終わったんだ。もう帰ろう」

ミールは少し尻尾を振ったが、すぐにまた困った顔をした。

「ああ、そうだね、ミール。今度はターシャだ。一緒にターシャを探しに行こう。必ずどこかで僕たちが迎えに来るのを待っているはずだ。ミール、頼んだぞ」

ミールは困った顔のまま目をそらしてシートに顎をのせた。

急に睡魔が襲ってきた。

「ああ……これで少しは眠れるかもしれないな……」

アンドリーは車の揺れに体を預け、ゆっくりと目を閉じた。

「父さん、母さん。やったよ。あいつを殺したんだ。ついに仇をとったよ。ターシャ、どこにいるんだ？　すぐに行くからな、待ってろよ……」

アンドリーは浅い眠りに落ちた。


部隊に戻ると、ウクライナ空軍の特殊部隊である白頭鷲のワッペンが付いた戦闘服を来た兵士が二人いた。どうやらアンドリーとディーブの帰りを待っていたようだ。二人の姿を見ると「おお、君たちか？」と言いながら近づいて来た。その空軍の兵士はディーブとアンドリーに向かって軽く敬礼し自己紹介を始めた。

話によると、隊員が所属する部隊の名称は『ホークアイ』。トルコ製のバイラクタルＴＢ２やアメリカ製の大型ドローンを扱う部隊らしい。体育館の隅に巨大なラジコン飛行機が置いてあった。ディーブが叫んだ。

「あっ、ピューマだ！」

アンドリーもディーブから話は聞いていた。ピューマはスイッチブレードと同じくアメリカのエアロバイロメント社のドローンだ。基本構造は単なるラジコン飛行機と大差ないが搭載するユニットがすごい。普通のカメラの他、赤外線サーモカメラやマイクロ波レーダーを使うので、雨の日でも夜でも索敵ができる。航続時間五時間以上。おまけに衛星回線を中継する通信システムなので、どんなに遠くに飛ばしても通信が途切れず、データはリアルタイムで司令本部と共有できる。最大の特長は、戦闘機が魚雷を搭載するように、その胴体にスイッチブレード３００を一機積める。つまり、索敵と攻撃ができるのだ。

弱点はスピードが遅いことだが、対空砲も届かない超高高度を飛行できる。アンドリーとディーブの噂を聞いた空軍の隊員が、その腕を見込んでやって来たのだ。

「こいつを使って、ハルキウ北東部に潜む敵のレーダー車を破壊して欲しい」

と、ホークアイの隊員は言うのだった。

開戦当初、トルコ製の大型ドローン、バイラクタルＴＢ２が大活躍したが、敵の電子戦部隊がレーダー探知を強化したため、今ではかなり撃墜され苦戦しているらしい。敵の『クラスハ４』という暗号通信システムや、レーダー車を破壊すれば航空優勢が取れると言うのだった。隊員は、ジョージアの義勇兵たちを見ながら言った。

「他の五名は、デコイが五機あるから、それを操縦して、本機を援護してやってくれ」

つまり、張りぼての飛行機を囮とするミリタリー・デセプションをして、敵地の奥深くに縦深攻撃するということだった。今日一日だけの作戦らしいので、アンドリーは「辞めてターシャの捜索に行くと言うのは、この仕事が終わってからでもいいか。後でディーブに話そう」と思った。

早速、再度トラックに乗り込み、空き地に向かった。

ホークアイの隊員二名は屋根にアンテナが付いている奇妙な装甲車に乗っていた。

空き地に着くと、囮の五機はジョージアの義勇兵たちがグライダーでも放り投げるように手投げで飛ばした。軽いからだろう、いとも簡単に飛び立った。

ジョージアの義勇兵たちはラジコン飛行機に精通していた。ジョージア人ではなく、旧ソビエトだった国々などの外国人混成部隊だ。五人全員がラジコン飛行機の愛好家なので「スイッチブレードを担当したい」と、この第八ドローン情報偵察部隊までやって来た男たちだった。

ディーブが飛ばすピューマは、電子機器ユニットを積んでいる上に、腹にはスイッチブレードも抱いている。ゴムロープを使うバンジージャンプで一旦飛び上がったが、重いせいですぐに高度が下がり、地面に機体の腹を擦りつけた。

腹にはスイッチブレードが搭載してある。一瞬、爆発するのではないかと全員が肝を冷やしたが、なんとか飛んだ。まるで「爆弾を搭載した戦闘機が空母から発艦し、海面すれすれまで下がったが、どうにか飛んだ」といった感じだった。

ディーブが親機であるピューマ本体を操縦し、アンドリーが爆弾に相当するスイッチブレードを担当する。

六機編隊となったピューマは、怪鳥の群れのように高度を上げながら東の空に浮かぶ雲の中へと消えて行った。

オートパイロットにしてあるので現場に着くまで何もすることがない。

全員、装甲車の中に入ってモニターを見た。雲の中を飛んでいるから画面は真っ白だ。高度計の値は五千メートルになっている。ピューマは成層圏に近い空を目標の座標を目指して悠々と飛行しているようだった。

装甲車の中は電子機器や通信装置でいっぱいだった。操縦は全てこの車で行うのだ。

そのうち雲を抜けた。紺碧の空と果てしなく続く雲海。飛行機に乗ったことがないアンドリーは息を飲み「まるで宇宙を飛んでるみたいだ」とつぶやいた。

ホークアイの隊員は自慢げに言った。

「本当はもっと高く飛べる。ピューマは最高一万メートルまで行けるんだぜ」

装甲車の内側にはカンガルーのイラストが描いてあった。

「うわっ、これ、もしかして、これオーストラリアの毒蛇ですか？」

とディーブが隊員に訊いた。

「そうだ、この移動司令室はブッシュマスターだ。世界最高の装甲兵員輸送車だ」

隊員の話ではＮＡＴＯ加盟国以外の国ではオーストラリアがウクライナに最も多額の援助をしてくれたそうだ。このブッシュマスターは、その援助物資のひとつらしい。

「見かけは鈍重そうな単なるトラックだが、車体の下部が船の形をしていて、地雷の爆発を外に逃がす最高の車だぜ」

隊員はミリタリーマニアのディーブとしばらくの間、話に夢中になった。

しばらく経つと突然、隊員は慌てて画面に目を戻し言った。

「あ、まずい、マイナス三十度だ。バッテリー性能が低下している」

隊員は手元のパソコンを操作して、編隊飛行する六機全ての高度を下げた。

高度三千メートルまで下がったピューマの編隊は、ひたすら目的地を目指した。その約一時間後、

「そろそろだ。オートパイロットを解除してマニュアルに切り替えるぞ。囮の五機は、衝突しないよう高度を分け、できるだけランダムに飛行させてくれ。メインのピューマも、飛行軌道を予測されないように蛇行させてくれ。ターゲットを見つけ次第、ロックオンして、すぐにスイッチブレードを切り離す。諸君の腕の見せ所だ。頼んだぞ！」

隊員はキーウにある司令部と連絡を始めた。ジョージアの義勇兵が怒鳴った。

「あっ、しまったぁ、やられた！」

高度を下げたデコイのピューマが対空砲で撃墜されたのだ。

「あっ、まずいっ、こっちもやられた！」もう一機、撃墜された。

「問題ない。囮は、そのためにあるのだ」

ホークアイの隊員は冷静だった。

「敵レーダー車輌発見。ロックオン完了！　確認して下さい」

隊員はアンドリーを振り返り早口で「準備しろ行くぞ」と怒鳴った。アンドリーはスイッチブレードのコントローラーとモニターに集中した。しかし画面は真っ白。まだ雲の中なのだ。

『こちら本部、ターゲット確認した。ただちに攻撃せよ』

本部からの連絡がスピーカーから聞こえた。

「よし、切り離す。頼んだぞっ！」

目視できなくてもスイッチブレードはロックオンさえすれば目標までは、ほぼ行ける。最後の数秒が勝負だ。やるしかなかった。

「はいっ、わかりましたっ！」

アンドリーは画面を食い入るように見つめた。どんなに見ても真っ白だ。落下加速度がついたスイッチブレードは猛スピードで雲の中を急降下しているのだ。隊員が怒鳴った。

「しまった、敵が移動し始めた。頼んだぞっ！」

急に雲を抜けた。村が映った。屋根にアンテナを載せた装甲車が見えた。みるみるうちに大きくなってゆく。右に動いている。このままでは外れる。アンドリーは指先を一瞬、右に動かした。装甲車の屋根に搭載されたアンテナが画面一杯に映りブラックアウトした。

「どうですかっ、当たりましたかっ！？」

隊員はパソコンのモニターをチェックした。それにはピクピクと動く線グラフが表示されている。心電図のような線グラフは間もなく横一文字になった。敵が発生するレーダー波がなくなったという意味だ。

「よし、敵、無力化。本部どうぞ、敵無力化、確認どうぞ」

『こちら本部、敵無力化、確認した、撤収しろ。どうぞ』

「こちらホークアイ、了解、撤収します」


約一時間後、四機編隊になったピューマは悠々と戻って来た。

スピードの遅いピューマの弱点がもうひとつあった。車輪がないので着陸する時には胴体着陸させなければいけないのだ。しかし、ジョージアの義勇兵たちはラジコン飛行機の愛好家だけあって慣れていた。軽い向かい風の中、草むらに難なく着陸させてゆく。

「君、頼んだぞ。デコイは安いが、本物はフェラーリ以上の値段だ」

隊員にそう言われたディーブは、慎重に着陸体制に入った。スイッチブレードは、もうお腹に抱えていないが、デコイと違って通信機器が入っているから重い。スピードが遅すぎると失速して地面に激突するし、早すぎるとオーバーランして木にぶつかる。ディーブは空き地の草むらに、ゆっくり機体をいたわるように軟着陸させた。ホークアイの隊員二名が「おおっ！」と同時に感嘆の声を上げた。

「すごいな！　噂には聞いていたが、君たちは最高のコンビだな」

その時、懐かしいエンジン音が聞こえた。

「ディーブのラジコン飛行機と同じ音だ」

アンドリーが見上げると、ジョージアの義勇兵とイーグルの隊員、全員がほぼ同時に「オルランだっ‼」と叫んだ。オルラン１０は偵察機だ。おそらく四機編隊のピューマをこっそり尾行して来たのだ。

だだっ広い空き地だから身を隠す場所はない。全員が呆然と見上げた次の瞬間、オルラン１０は急降下を始めた。

「まずいっ！　爆弾を載んでるっ、伏せろっ！」

「あぶないっアンディ！」

ぼんやり突っ立ったままのアンドリーの前にディーブが立ちふさがった。ドンッ！　という爆発音と共に土埃が舞い上がった。爆弾を抱えたオルランが地面に炸裂したのだ。土煙の中からうめき声が聞こえた。

土煙が収まると、ジョージアの義勇兵三人がうずくまっていた。

「あ、あ、足だ、足をやられたぁぁぁ」

飛び散った爆弾の破片が、三人の足に突き刺さったのだ。被害を免れた義勇兵二人とイーグルの隊員が駆け寄った。三人とも、ふくらはぎや太ももだけでなく、腹部にも被弾していた。

「う、うう、ううう……」

ディーブが片目を押さえて呻いていた。

「ディーブ！　どうしたのっ？　大丈夫っ！？」

「うう、め、目だ。目をやられた」

メガネを突き破った爆弾の破片がディーブの左目に突き刺さったのだ。

義勇兵二人とイーグルの隊員たちが力を合わせて負傷者をトラックに担ぎ込んだ。幸いにもディーブの負傷は片目だけで、自分で歩けた。ミールも犬用防弾ベストを着ているし、伏せの姿勢をしていたので無傷だった。

「俺たちはピューマを取りに行ってくる」

イーグルの二名は百メートル先に着陸した四機のピューマを回収しに行き、残った者たちは大至急、病院に直行した。トラックの中に常備されているメディカルキットで応急処置が行われた。

ズボンの裾をハサミで切り取られ、傷口に止血ベルトを巻かれてモルヒネ注射をされると、負傷兵たちのうめき声が小さくなった。

「おい、痛み止めの注射をしてやる。手をおろせ」

手に注射器を持った義勇兵の一人が、ディーブに向かって言った。

ディーブが手を下ろすと、破片が突き刺さった左目から血が流れ落ちた。

眼窩の周辺に少量のモルヒネ注射を受けたディーブは、しばらく経つと「あぁ、少し楽になった」と大きく深呼吸した。

「ディーブ、どうして飛び出したんだよ」

「だってアンディの防弾ベストはレベル２の薄いやつだろ。僕がそれを着せたんだからね」

「そ、そんなぁ……」

アンドリーは絶句した。

ミールが心配そうにディーブのことを見上げると、ディーブはミールの頭を撫でた。

「心配するなよ、ミール。これで僕は後方に回れるよ。キーウのドローン準備隊に転属の希望を出してみるつもりだ。お前も一緒に行こうな。玉ねぎおばさんたちが待ってるぞ」

「ごめんね、ディーブ。実は僕も、もう辞めようと思っていたんだ」

「そうだよ、アンディ。僕たちはもう十分戦ったじゃないか。もういいよ、帰ろう」

「うん、そうだね、ディーブはソフィと結婚するんだよね」

「ああ、そうだとも。この戦争が終わったら、二人で犬をたくさん飼って、一緒に暮らすつもりだ」

左目を押さえていたディーブは、もう片方の手で首からぶら下げた十字架を握っていた。

泣き出しそうな顔をしているアンドリーに、ディーブは笑って言った。

「大丈夫だよアンディ。僕の兄ちゃんも僕もラッキーだ。片足失っても、もう一本足があるし、僕だって片目を失っても、もう一つ目があるんだからね」

アンドリーは言葉を失った。

何も言わずディーブを見つめるアンドリーに、ディーブが片目で笑いかけた。

「ミハイロが両目を失明したのを覚えているよね。それに比べたら僕は運がいいさ」

ディーブはそう言うと、無事だった方の右目をゆっくりと閉じた。

何時まで経ってもディーブを見続けるアンドリーに、ディーブは目を閉じたまま言った。

「心配ないよ、アンディ、気にするな」

トラックが揺れるたびに、ディーブの防弾ベストにぶら下げたドモヴォーイ人形が悪戯っぽく笑っていた。


着いた所は四階建の大きな総合病院だった。

救急搬送口にジョージアの義勇兵が入って行った後、アンドリーはトラックの中でミールに「待て」をさせ、ディーブの手を引いて正面玄関から病院の中に入った。

するとそこはまるで、ごった返しの野戦病院のようだった。ロビーや廊下にまでベットマットが敷き詰められ、負傷者たちがうめき声をあげている。老人や女性や子供たちも大勢いて、そこいらじゅうで治療が行われていた。

血だらけの手術着を身にまとい、早足で歩いていた医者に「先生！　戦友が負傷しましたっ！」とアンドリーが言うと、ディーブを一瞥した医者は「軽傷の者は後回しだっ！」と怒鳴った。

アンドリーは少しほっとした。

「心配しなくても大丈夫だよ、アンディ。治療が済んだらキーウに戻ろう。ソフィに会えるよ。玉ねぎおばさんのクロケットが楽しみだ」

ディーブは右目だけで笑った。ディーブの笑顔を見るのはそれが最後だった。

約一時間後、やっと順番が着て、防弾ベストを脱いだディーブは手術室に入って行った。

アンドリーが廊下で待っていると、看護師の女性が話しかけてきた。

「え？　あれ？！　あなた、もしかして……キャンディ？」

看護師の女性は、軍服を着て顔に迷彩ペイントを施したアンドリーをしげしげと眺め回した。あの幼馴染のユリアだった。

「あ、ユリア！」

「キャンディ！　どうしたのその顔？　あんた一体、ここで何やってるの？　どうしてそんな格好をしてるの？」

「え、あ、う、うん、あれからいろいろあって……」

「いろいろって何よ？」

アンドリーが口ごもるとユリアは一方的に自分の状況を喋り始めた。

ユリアは、元いた病院が爆撃されてしまったので、この病院に転属したらしかった。

爆撃された時、ユリアは運良く病院にはいなかったと、機関銃のような早口で矢継ぎ早に説明してくれた。

「それよりあんた、なんでポーランドに逃げなかったの？」

「僕は卑怯者にはなりたくなかったんだ。僕は、父さんと母さんの仇をとったんだよ。ロシア兵をこの手で何十人も殺したんだ。今はまだないけど、今度、大統領から勲章を貰えるんだよ！」

アンドリーは胸を張ったが、ユリアは両手の拳を腰に当てた。

「キャンディ、あんた何言ってるの。あんた顔つきが変わったわ。あんた、アンディじゃない。昔のあの優しかったアンディじゃない」

アンドリーは「それはこの服と顔の迷彩ペイントのせいだよ」と言いかけて思い出した。

「あっ、そうだ。三千グリブナ返さなきゃ、ほらこれ」

アンドリーが防弾ベストのポケットからしわくちゃになったお札を取り出すと、

「おーい、ユリア君、何をしているんだ、早くしてくれ！」

と、手術室の中から怒鳴り声がした。

「あ、はいっ！　今すぐ行きますっ！」

ユリアは一旦受け取った三千グリブナをクシャクシャに丸めるとアンドリーの顔に投げつけて怒鳴った。

「ばかっ！　あんたたち男はみんな、いつまで経っても子供で野蛮で人殺しよっ！」

ユリアは手術室の中へと走って行った。

アンドリーは背中を丸めて足元に転がった三千グリブナを拾い上げた。アンドリーは、ユリアに褒めて貰えるとばかり思っていた。ひとこと「男らしくなったわ。良くやったわね」と言って欲しかった。

アンドリーが肩を落としてぼんやり立っていると、ジョージアの義勇兵がアンドリーの背中に声をかけた。

「おい。あの三人は、なんとか大丈夫そうだ。とりあえず本部に戻るぞ」

アンドリーはユリアともっと話をしたい、このまま手術が終わるのを待っていたい、と思ったが、すぐに義勇兵の後を追った。

「先生、ユリア、どうかディーブの目を直して下さい……」

アンドリーは病院の階段を駆け下りながらそう呟いた。

アンドリーたちはトラックに乗り込み、病院の敷地を出た。

その時、ものすごい爆発音と同時にトラックの幌が吹き飛んだ。爆風と衝撃波でトラックの窓ガラスが粉々になり土煙に覆われた。

鼓膜がジンジンして何も聞こえない。アンドリーは何が起きたのか理解できなかった。

トラックが対戦車地雷を踏んだのか、と思った。

土煙が収まると、コンクリート四階建ての大きな病院の右半分が吹き飛んでいた。爆発の衝撃波でトラックの窓ガラスが粉々になり爆風で幌が吹き飛んだのだ。

「まずいっ、ミサイル攻撃だっ！」

ジョージアの義勇兵がトラックの運転席から飛び出した。

やっと何が起こったのか分かったアンドリーは「ディーブ！」と叫んで駆け出した。荷台から飛び降りたミールがアンドリーを追い越して走って行った。

病院の右半分は瓦礫と化しているが、左半分は原型を保っている。崩れた建物から病院の中が丸見えだ。負傷者たちがミツバチの巣から幼虫が溢れ出るように蠢いている。あちこちから火の手が上がった。炎に包まれ、のたうち回る人もいた。ミールが左端の非常階段を駆け上がった。

「あっ、そうだ、ディーブの手術室は三階の左端だ」

アンドリーは、ミールを追って三階に駆け上がった。

手術室の扉は爆風で吹き飛んでいた。

中に入ると注射器やメス、薬品の瓶やピンセット、ハサミや縫合針や糸など手術道具が床に散乱していた。何故かスズメバチがもがき苦しんでいた。ジジ、ジジ、ジジジ……というモーターの回転音がする。よく見ると、それは潰れた『トロイカ』の箱から出たブラック・ホーネットだった。しかしディーブは見当たらない。アンドリーは力一杯叫んだ。

「ディーブ！　どこっ！　ディーブ！」

アンドリーが叫ぶとミールが手術用ベッドに向かって吠えた。吹き飛ばされた手術用ベッドは壁際に立て掛けるようになっていた。ベッドをどかすと片目のディーブは驚いた顔をしてアンドリーとミールを交互に見た。ディーブは床に座ったまま、生きていたのだ。

「ディーブ！　大丈夫？！」

ディーブは片目だけでしきりに瞬きすると「ほらこれ」とでも言うように両手を突き出した。それはディーブ自身の腸だった。

「う、うわっ！」

アンドリーは思わず後ずさった。

麻酔のせいで痛みを感じないのだろうか、ディーブは「信じられない」という顔つきで飛び出した腸を自分の腹の中に押し込もうとしている。

「え、ええ、衛生兵っ！　いや、せ、先生っ！　ドクターっ！」

うろたえたアンドリーは医者を探した。手術室の隅に、白衣を着た医者がうつ伏せになって倒れていた。

「せ、先生っ！」

アンドリーが助け起こすと、医者の顔が無かった。つぶれた顔から二つの眼球がこぼれ落ち、血管と視神系でぶら下がり、床に脳漿《のうしょう》が流れ落ちた。

「うわっ！」

腰が抜けたアンドリーは座り込んだまま後ずさりした。アンドリーの手に何か柔らかい物が当たった。振り返ると看護師のユリアだった。

「ゆ、ユ、ユリアっ！」

ユリアはゆっくりと目を開けアンドリーを見つめた。

「ほんっとに、ばか……この世から……男が全員……いなくなればいいのよ……」

ユリアは、そうつぶやくと目を閉じ、がっくりと首を落とした。

「ユリア、ユリア、ユリア！」

声をかけても反応がない。ユリアの両耳から血が流れ出ている。

「かわいそうに、ユリア。鼓膜が破れて耳が聞こえないの？　ねえユリア、聞こえる？」

アンドリーはユリアの耳元で囁いた。

「ユリア、しっかりしてよ、目を開けてよ」

アンドリーは、見よう見まねでユリアの口に人工呼吸した。ユリアの鼻をつまんで思いっきり息を吹き込むと、ユリアの胸から血が吹き出した。びっくりしたアンドリーは血だらけになった白衣を引き裂いた。ユリアの豊満な胸が露わになり、裂けた胸の皮から血が流れ出た。アンドリーは床に転がっていた手術用の針と糸を拾って、震える手でユリアの胸の裂け目を縫合した。

母が忙しい時、破れた服を縫って直すのは手先が器用なアンドリーの仕事だった。ターシャが破った熊のぬいぐるみのお腹から綿がはみ出したのを、針と糸で繕ったのもアンドリーだった。

「ユリア、僕が今すぐ直してあげるからね」

アンドリーは夢中で傷口を縫い合わせた。

「ごめんね、ユリア。痛くないかい？」

アンドリーにとってユリアは単なる近所に住む幼馴染の女の子ではない。三歳年上の姉であり、母のような存在だった。学校の成績が良かったのもユリアが家庭教師のように教えてくれたからだ。一生懸命勉強して、テストで良い点を取ったのも、ただユリアに褒めて貰いたかったからだ。ユリアに「偉いわね」って褒めて貰いたかった。ユリアに男として認められたかったのだ。ユリアは目標であり、憧れの人だった。

「おいミール、ぼさっとしてないで、お前も手伝っておくれよ」

アンドリーは軍服の袖で血を拭っていたが、後から後から血が流れ出て来るのだ。

「ミール、この血を舐めて拭き取っておくれよ」

ミールは困った顔をして尻尾を垂れた。

「ほら、こうやって拭き取るんだよ」

アンドリーは自分の舌をつかってユリアの血を舐めた。口の周りが血だらけになったアンドリーを見てミールが震えた。

「ごめんねユリア、あんまり上手く縫えないから傷口が跡になっちゃうかもしれないよ」

アンドリーはひと針縫っては舐め舐めては縫うを繰り返した。そのうち手も顔も軍服も血だらけになった。

アンドリーは口元に笑みを浮かべて喋り続けた。

「さあユリア、もうすぐ縫い終わるよ。後で僕が綺麗な服を探して来てあげるからね」

アンドリーは、ユリアの裂けた腹部を、ほぼ縫い終わった。

「痛いのに、よく我慢したね。ほら、あと少しで終わるよ。今度は僕がユリアの面倒を見てあげる番だよ」

アンドリーは薄笑いしていた。気が触れかけていたのだ。

「食べ物とか飲み物は、僕が運んでくるからね。ちゃんと大人しく寝てなきゃダメだよ」

アンドリーが「さあ、手術は成功した、終わったよユリア。アッハッハ」大笑いすると、ミールが悲しそうな遠吠えをした。

「う、うう、あ、アンディ……アンディ」

ディーブのうめき声でアンドリーは「はっ！」と我に返って振り返った。ディーブは自分のお腹に腸を戻し終わっていた。

「だ、だだ、大丈夫か?!　ディーブ」

声をかけても、ディーブの呻く声は、だんだん小さくなる。

「待ってろディーブ、すぐに医者を呼んでくるからな！」

しかし、立ち上がったアンドリーが何処をどう探しても医者も看護師も生きている者は見当たらない。病院は壊滅状態だった。アンドリーは手術室の外に飛び出し、崩れ落ちそうな建物の端に立って叫んだ。

「誰か助けてくれ！」

破壊された病院が眼下に見渡せた。僅かに生き残った者が瓦礫の中から手を出し、呻き声を上げている。そこいらじゅうに千切れ飛んだ手足や内臓が転がっている。少女や老婆の屍体もあった。千切れた自分の手を持ってうろつく兵士がいた。火がついたままの男が瓦礫の中から這い出して来た。

血だらけの医者が壊れかけたロボットのようにギクシャクと歩いている。アンドリーは力の限り叫んだ。

「先生！　助けてくださいっ！」

気づいた医者が、こっちに向かって歩いたが、ばったりと火の中に倒れた。

「お願いだ！　だ、誰か、誰か助けてくれっ！」

どれだけ叫んでも意味はない。アンドリーは急いでディーブのところに戻った。

見ると、ディーブは「信じられない」という顔つきのまま息絶えていた。

アンドリーは子供の頃読んだ「ピノキオ」を思い出した。クジラのお腹の中から命懸けでゼペット爺さんを助け出し「人間に成る」という夢を叶えられぬまま、疲れ果てて死んだピノキオ。壁に寄りかかって座り、目を見開いたまま死んだディーブは、糸の切れた操り人形のようだった。

消防士や警察官が続々と詰め掛けたが為す術は無い。瓦礫の中から、わずかに残った生存者とも屍体とも分からない人間の体らしき物を引っ張り出していた。

捜索は夜を徹して行われた。

アンドリーはジミニー・クリケットのように、ディーブとユリアの間を行ったり来たりオロオロと歩き回るだけだった。

どんなに待っても、絵本のように金髪の妖精ブルー・フェアリーが現れて、ディーブとユリアを生き返らせてくれることなんてなかった。

明くる朝、瓦礫となった病院の前には大量の屍体袋が並べられた。死者、行方不明者、医師や看護師など病院のスタッフ合わせて百五十人以上。女性や子供たち三百人以上が死んだあのマリウポリの劇場に匹敵する惨劇だった。

突然、ミールが並べられた屍体袋の一つに駆け寄って吠えた。吠えるたびにアンドリーのことを見る。アンドリーに何か伝えようとしているのだ。

「えっ!? もしかしてディーブかユリアが生き返ったのか!?」

大慌てで駆け寄ると屍体袋の中から音楽が鳴っている。ディーブがソフィアからの着歌にしていた『イマジン』だった。アンドリーは屍体袋の前で凍りついた。『イマジン』はいつまで経っても鳴り止まない。ミールが困った顔をしてアンドリーを見上げた。『イマジン』は鳴り続ける。

「何なんだ、この変な歌は! 『殺したり殺されたりすることはない』だと?」

アンドリーは爪が食い込むまで拳を握りしめて歯ぎしりした。

『想像してごらん、みんなが平和に暮ら……』というフレーズの途中で電話が切れた。

少しほっとしたアンドリーは両手の拳の力を抜いた、次の瞬間、心臓を撃ち抜かれ、飛び上がるほどびっくりして胸を押さえた。胸ポケットに入れたスマホが振動したのだ。

慌ててスマホを取り出すと、画面には笑顔のソフィアが映っていた。

ズーズー……と振動しながら写真のソフィアが笑っている。

アンドリーは、ソフィアがお父さんの写真に花を捧げ、祈っていたことを思い出した。

愛犬もロシア軍の爆撃で死んだ。そして今また、婚約者であるディーブを失ったのだ。

アンドリーは電話に出られなかった。

そのままにしていると、スマホの振動は止み、すぐにまた屍体袋の中の『イマジン』が始まった。

鳴り止まない。いつまで経っても鳴り止まない。『そうすれば世界はひとつになるんだ……』と歌い終わったところでやっと止まった、と思ったらリピートが始まった。

「いったい誰がこんな歌を作ったんだ。『地獄などない』だと？『みんなが今日を生きている』だと？ふざけるなっ！」

アンドリーはサージェント爺さんの言葉を思い出した。

「相手に勝つ以外にない。人が人である限り、戦争は誰にも止められない。お前の怒りを敵に向けろ。いいか、敵に勝つ以外、道はないのだ」

両親を殺し妹を連れ去った。ユリアやディーブまで奪った。心臓が早鐘を打ち始めた。沸騰した血が全身を駆け巡る。眼球の奥が締め付けられる。四肢の毛細血管から煮えたぎった血が吹き出しそうな気がする。心の奥底で燻っていた憎悪の火種が爆発したように燃え上がった。

アンドリーは拳を力一杯握りしめて叫んだ。

「ロシアのクソどもを皆殺しにしてやるっ！」

第五章　帰郷

部隊に戻ったアンドリーはスイッチブレードをサイドカーに積めるだけ詰めこんだ。

駐輪場に置いてあるサイドカーや電動バイクは、ドローン兵なら好きに使っていいことになっていた。電動バイクはウクライナのデルファスト社製電動オフロードバイクだ。

ドローン兵たちは、その電動バイクで戦場を駆け巡っていた。ＵＳＢポートや２２０Ｖのコンセントがあるからトランスミッターを介さずドローンやコントローラーやタブレットなどの周辺機器を充電できる優れものだからだ。エンジンがないので、サーモカメラに発見され難いし、音もなく走るので「ステルス・バイク」とか「ニンジャ・マタツィークル」と呼ばれていた。それに比べて旧式のサイドカーは荷物が多く積めるが音が大きいので敬遠され、埃を被っていた。アンドリーは無免許だったが、父の農園で農業用バイクを運転していたからバイクはお手の物だ。戦場に行く兵士を「無免許だ」と言って捕まえる警官もいないだろう。なによりサイドカーでなければミールと一緒に行けない。

サイドカーの奥に水や食料を突っ込んだ。充電器や変圧器やドッグフードも積んだ。

部隊に置いてあったバリカンを使って金髪を丸刈りにした。レベル４の防弾ベストに着替えるとコンバットブーツの紐をきつく締め直した。イワンの形見である黄色いスカーフを腕に縛り付け、ユリアの血で赤く染まった顔に、さらに迷彩ファンデーションを上塗りした。バイクには小さなウクライナ国旗を取り付けた。背嚢にはスイッチブレードの発射管と小型ドローン、マビック・ズームを二機。スイッチブレードは合計十機。総重量は六十キロを超えた。

アンドリーが準備をしている時、リュドミラが「お願い、誰かアンドリーと一緒に行ってあげて」と他の隊員に頼んだ。ドローン兵は、ドローンを飛ばしている最中は無防備になる。そのガードをするため、基本的にコンビを組んで任務にあたるのだ。しかし、兵士としての基礎訓練すら受けていないアンドリーとコンビになると言う者は、誰一人、いなかった。

「じゃあ私が一緒に行くわ」とリュドミラは言ったが、アンドリーは「自分一人でやる。僕の相棒はこの犬だ」と固辞した。もうこれ以上、仲間を失いたくなかった。

正規兵のディーブと違ってアンドリーは民兵だ。しかも、ちゃんとした義勇兵の登録手続きもせず軍隊に潜り込んだわけだからリュドミラの部下ではない。つまり単なる未成年のパルチザンだ。

アンドリーの決意が固いと思ったのか、リュドミラは走って何処かに行ってしまった。

アンドリーは裏口からこっそり出た。

「ミール、行くぞ、乗れ！」

ミールが窮屈そうにサイドカーに座った。アンドリーが思いっきりキックスターターを蹴ると、750CC水平対向二気筒エンジンが唸りを上げた。

「ちょっと待って！　それはウラルというロシア製のバイクよ。大統領のサイドカーと言われている代物なのよ。味方から誤爆される可能性があるわ。これを付けて」

裏口から走り出てきたリュドミラがエンジンの爆音に負けないよう大声で怒鳴った。

「エンジンを切っても冷えるまではこのビーコンを消しちゃだめよ！　あなたのコードネームは『ウォルブズ』として砲兵隊に報告しておくわ。敵を見つけたらすぐに連絡してそのコードネームを知らせて爆撃誘導して！　健闘を祈るわ！」

リュドミラがガソリンタンクに貼り付けた物は敵味方識別ビーコンだった。ウォルブズとはウルフの複数形『狼たち』という意味だ。リュドミラは直立不動の姿勢で敬礼した。

クラッチを繋いで走り出すと小さなウクライナ国旗を括り付けた丸いバックミラーの中でリュドミラが胸の前で十字を切り「神のご加護を」と、口を動かすのが見えた。

アンドリーはサイドカーを北に向かって走らせた。あのポーランド人のおじさんから、ワッツアッ

FABIA

プで『国境近くの田舎道でファビアを発見した』と連絡が入っていたのだ。それには『君のお母さんの車かもしれない。私の車と同じナンバー「１２２４」で、赤いファビアだ。車内は空っぽ。スクラップになっている』と書かれてあった。

二時間ほどでポーランド人のおじさんが教えてくれた場所に着いた。ロシア国境から約二十キロ。辺りには民家も何もない。ファビアは潅木の茂みに突っ込み、タイヤがパンクしていた。傷だらけになり、薄汚れたボディには銃痕まであった。フロントグラスにも銃痕があり、ガラスが蜘蛛の巣のようにひび割れていた。室内は空っぽだ。ボンネットを開けるとバッテリーも外されていた。無造作に引き千切られたコードやホースが垂れ下がっている。シュコダのマーク『ウィング・アロー』のエンブレムまで外されていた。

埃や木の葉が被っている様子から、乗り捨てられて、もう数週間経っているだろう。

いきなり地響きを伴う砲撃音が聞こえた。

アンドリーはすぐにファビアから少し離れた潅木の茂みにサイドカーを隠し、マビックを飛ばした。半径十キロ以内に潜む敵を皆殺しにしてやるつもりだった。

一旦、上空五百メートルまで飛ばし、敵が潜んでいそうな場所に当たりをつけ、徐々に高度を下げる。農道を動く四角い点が見えた。

ズームアップすると、それはＴ６４だった。白ペンキで『Ｚ』マークが描かれている。

ロシア軍が旧ソ連時代の古い戦車まで引っ張り出して使っているという噂は本当だった。

主力戦車であるＴ７２が足りなくなったのだ。

アンドリーはマビックをホバリングさせたまま、スイッチブレードを飛ばした。

首からぶら下げたコントローラーは二個になった。

Ｔ６４の上空、約百メートルでスイッチブレードをオートパイロットに切り替え、グライダーのようにゆっくりと旋回させた。

アンドリーはまた素早くマビックのコントローラーに持ち替えた。マビックの腹には小さな爆弾を抱えさせている。四枚プロペラで機体の長さ、約三十センチの垂直離陸型ドローンである小さなマビックでは手榴弾程度の小型爆弾しか搭載できない。

そんな小さな爆弾では、戦車に命中させても意味がない。

それでもアンドリーはマビックをＴ６４の真上に移動させ、空中でホバリングさせるとカメラを真下に向け、慎重に狙いを定めて爆弾を投下した。

命中したが戦車はビクともしない。しかし次の瞬間、砲台のハッチが開いてロシア兵がひとり飛び出した。

「しめたっ！　思ったとおりだ！」

素早くスイッチブレードのコントローラーに持ち替えたアンドリーは、旋回飛行させていたスイッチブレードを急降下させ、開いたハッチに飛び込ませた。

キーウの侵攻で練度の高いベテランの戦車乗りを失ったロシア軍は、戦車不足の上に、兵士不足にまで陥っていた。新兵をわずか一週間足らずの訓練で戦線に投入しているという話だった。生まれて初めて敵襲を受け、パニックになった練度の低い新兵が慌てて飛び出し逃げようとする。その時、ハッチが開く。アンドリーはその瞬間を狙ったのだ。

小さな爆発が起きた数秒後、搭載していた砲弾に誘爆した戦車は大爆発を起こし砲台が吹き飛んだ。

「ジャックポッドだ！　やったぞ！」

アンドリーはすぐにもう一機、スイッチブレードを発射し、逃げたロシア兵を追った。

ロシア兵は畑の中を走っていた。もう急ぐ必要はない。畑では隠れる場所がないからだ。

アンドリーはスイッチブレードを低空飛行させ失速寸前のスピードまで落としてロシア兵のすぐそばを飛び越した。恐怖にゆがむロシア兵の顔。若い。

ロシア兵をいたぶるようにスイッチブレードを何度か通り過ぎさせると、とうとうロシア兵はヘルメットを抱え込んで地面にひれ伏した。

アンドリーはスイッチブレードを一旦、上空百メートルまで上昇させ急降下させた。

フルスロットル。

「ユリアの仇だ！　死ねっ！」

みるみるうちにロシア兵が大きくなる。画面いっぱいにヘルメットが映った次の瞬間、コントロールレバーを一ミリ下に動かした。ヘルメットと防弾ベストの隙間、首の付け根を狙った。ブラックアウトした。

アンドリーはすぐマビックのコントローラーに持ち替えモニターを見た。

頭の無い胴体。首から噴き出す血が雑草の緑を赤く染めた。

数メートル先に転がったヘルメットの中には、ロシア兵の生首があった。


夜になると普通のカメラしか付いてないマビックでは索敵は不可能だ。

アンドリーはサイドカーを木の枝で覆い隠し、エンジンをかけてバッテリーやコントローラーの充電をした。六月といえどもウクライナ北部の夜はかなり冷え込む。

アンドリーはファビアのところまで行くと、車体を木の枝で覆い隠して中に入った。

ハンドルの中心からは、空気が抜けたエアバッグの白い袋が垂れ下がっている。ダッシュボードのあちらこちらに、タバコをもみ消した焦げ跡が付いている。むき出しの床にはタバコの吸い殻とゴミが散乱していた。ラジオまで外され、ぽっかりと空いた穴から引き千切られたコードが出ていた。

「そんな高いもの、いいわよ。私も中古でじゅうぶんよ」と言う母に、父がプレゼントした新車の赤いファビア。母は大切に乗っていた。フロアマットには、いつも香水をまいていたから乗るとラベンダーのいい匂いがした。しかし、そのフロアマットまでなくルームミラーにぶら下げていたアクセサリーもない。タバコ臭がする。

アンドリーは、もしかしたら、これは別の人の車じゃあないだろうか？　と思った。母の痕跡が何もないのだ。同じナンバーの車なんて、ざらにある。

車内の匂いを嗅ぎ回っていたミールが困った顔をしてアンドリーを見上げた。

ふと見ると、シートの隙間に金色に輝く物が転がっている。指先で拾い上げてみると、細くて長い金髪の巻き毛だった。アンドリーが拾い上げた髪の毛にミールが鼻を押し付けた。匂いを嗅いだミールは悲しそうに鼻を鳴らした。微かな母の残り香をミールが嗅ぎ分けたのだ。

間違いなく、このファビアは母の車だった。動かなくなるまで乗り回され、挙げ句の果てにバッテリーやラジオやエンブレムまで持って行かれたファビアは、犯され、胎児を抜きとられ、指を切られて指輪を奪われ、耳たぶからピアスを引き千切られて殺された母、そのものだった。垂れ下がったエアバッグが切り裂かれた母の体からはみ出した羊膜《ようまく》のように感じる。

アンドリーは母の金髪を力いっぱい握りしめ、握った拳の親指の付け根を思いっきり噛んだ。もうどんなことがあっても決して泣かないと決めたのだ。

痛みで涙を堪えた。溢れ出る悲しみを痛みが堰き止めてくれた。

「ああ、母さん……僕は母さんの仇をとったんだよ。あのロシア兵をやっつけたんだよ」

歯型がつくほど噛んだ握りこぶしの痛みはアンドリーを徐々にクールダウンさせた。

アンドリーはレギュレーターハンドルを回して車の窓を開け、耳を澄ませたが砲撃音もドローンの音もしない。聞こえるのは虫の声だけだ。

アンドリーは水でふやかしたドッグフードをミールに与えてから、自分もシリアルを貪り、水をがぶ飲みした。食べ終わると、運転席のシートをリクライニングさせてミールをサイドシートに乗せた。狭い車内にミールがいれば寒さが和らぐし、心が温もる。

「虫だらけの塹壕の穴に比べれば天国だ」

アンドリーはヘルメットも防弾ベストも装着したまま、強力なベルクロで締め上げた防弾ベストのベルトを少し緩めて、ゆっくりと目を閉じた。しかし、目を閉じると、あのロシア兵の悪夢の代わりにディーブの顔が思い浮かんだ。ディーブがこぼれ落ちた腸を腹に押し戻す姿を思い出した。その次にはユリアを思い出した。白衣のまま永遠の眠りについたユリアの顔は苦痛でゆがんでいる。手榴弾の爆発で眼球が飛び出したタチアナ婆さんの顔とオーバーラップした。イワンやミハイロやロスティのことも思い浮かんだ。

死んだ家族や仲間たちや猫のスィーニまで、次から次へと思い浮かんでは消える。

またしても眠れない。目を開けると、ミールはサイドシートに座ったまま耳を立て窓の外を見ていた。

「ミール、僕が起きて見張っているから、お前は寝なよ」

アンドリーが犬用防弾ベストの上から背中を撫でるとミールは窮屈そうに体を丸めた。しかし、まだ目を開けて耳を立てている。

「ミール、可哀想だけど、お前の防弾ベストのベルトは緩めてやれないよ。敵が攻撃して来たら、お前は真っ先に飛び出して行くだろう。その時、ベルトが緩んでいると、ベストが脱げてしまうからね」

ミールは眉毛を八の字にして首を傾げた。

アンドリーが目を塞ぐように頭を撫でると、ミールはようやく目を閉じた。しかしまだ耳を立て、アンテナのようにピクピク動かしている。アンドリーはミールが安心して眠れるよう、指先でミールの眉間を撫で続けた。少し経つと、やっとミールの立っていた耳が横になった。指先からミールの体温が伝わって来る。自分より少し熱いと感じた。

アンドリーの神経は研ぎ澄まされていた。犬と同じく周囲数キロ四方の物音でも聞き分けることができそうだった。静かだ。ちょっとでも指先の動きを止めるとミールが起きてしまいそうなので、アンドリーは、じっとしたまま指先を動かし続けた。そのうちミールの寝息が聞こえ始めた。

青白い星明りがハンドルから垂れ下がったエアバックを浮かび上がらせた。

「あの赤ん坊は男の子だったのだろうか……」

見上げると、薄汚れたフロントグラスを通して、ファビアを覆い隠した木の隙間から大熊座が見えた。北はモスクワのある方向だ。

曲がりくねった枝が悪魔の指先に思える。銃痕の穴には北極星が輝いている。

しばらく見ていると、地軸の回転で大熊座は木の枝に隠れた。しかし、いつまで経っても北極星は動かない。銃痕でできた黒い穴から悪魔に見つめられているようだ。

世界中に蜘蛛の巣が張り巡らされているように感じた。


あくる日は、昨夜の星空が嘘のような土砂降りの雨だった。

「こうなるともうドローンは使い物にならない」とロシア兵は考えるだろう。

アンドリーはマビックのカメラを真下に向けて飛ばした。レンズに水滴が付かないからだ。雨のせいで電波到達が悪くなり飛行可能距離が短くなるが、ドローンの飛行には問題ない。

半径五キロ圏内をしらみつぶしに探した。

案の定、三人のロシア兵が上空を気にもしないで歩いていた。

高度僅か五十メートル。低空飛行させてもロシア兵は気付かない。ヘルメットに打ち付ける雨音にドローンの音がかき消されるのだ。

「イワンの仇だっ！」

アンドリーはスイッチブレードを飛ばし、三人が縦列で歩く最後尾のロシア兵のうなじをめがけて突っ込ませた。ヘルメットと防弾ベストの隙間だ。スイッチブレードの画面がブラックアウトした。

マビックの映像には首のないロシア兵の屍体を立ちすくんで見る二人のロシア兵が映っていた。地雷でもなく狙撃でもない。ドウッ！　という爆発音で振り返ると、仲間の首がないのだ。何が起こったのか理解できていないようだった。

すぐさま二機目のスイッチブレードを発射したアンドリーは、立ちすくむロシア兵の顔をめがけて突っ込ませた。目の前で味方の頭を吹っ飛ばされた残りの一人は、大慌てで逃げ出し、雑木林に飛び込んだ。塹壕でもあるのだろうか、どう探しても見当たらない。

バッテリー限界ギリギリまで飛ばして捜索したが発見できなかった。

逃げられてしまった。


次の日、雨は降り止んだ。六月のウクライナ北部は、朝五時には明るくなる。

アンドリーは日の出と共にマビックを飛ばした。

七キロ離れた集落で不審な動きをする乗用車を見つけた。村を出た分かれ道で車を停め、どっちに行こうか迷っているのだ。明らかに地元住民ではない。

アンドリーはマビックの高度を下げ、車の真後ろにつけた。ナンバープレートには黄色と青のウクライナ国旗が描かれている。しかし、照りつける朝日がガラス窓に反射して中が見えない。やはり、ただの住民かもしれない。車が走り出した。

アンドリーはマビックを車の前に回り込ませ、車のスピードに合わせてマビックをバックフライトさせた。車の中が見えた。間違いない。ロシア兵だ。荷物を満載にして四人が乗っている。荷物はおそらく盗品だろう。四人とも何かを貪るように食べていた。民家に押し入り、車や食料などを奪って逃走しているのだ。

「許せない！　殺してやる！」

しかし敵は四人だ。アンドリーはどうやって敵をやっつけるか、一瞬、考え込んだ。

助手席の男は地図を広げていたが、運転席の男がマビックを指差し、何か怒鳴った。

車は猛スピードを出し、前を飛ぶマビックに迫って来た。

アンドリーはマビックのスピードを上げた。スポーツモードにセットしたマビックの最高速度は七十キロだが爆弾を搭載しているのでかなり遅くなる。まるで象を吊り下げたヘリコプターのようだ。みるみるうちに車が迫って来た。あと十メートル。モニターに映ったロシア兵の顔は怒り狂っている。助手席の男が身を乗り出してカラシニコフでマビックを撃って来た。しかし出鱈目な銃撃はかすりもしない。舗装していない農道のせいで車が激しく揺れるのだ。

アンドリーは猛スピードのバックフライトのままフロントグラスに近づけた。あと一メートル。運転している男が窓から手を伸ばしてマビックを掴もうとした。

片手ハンドルのロシア兵が窓から身を乗り出したので、アンドリーはマビックを横に移動させつつふらふらと飛行させた。スィーニによくやった『猫じゃらし』と同じだ。運転していたロシア兵が歯ぎしりしながら拳を突き出した。

次の瞬間、猛スピードで直進していた車はカーブをそのまま突っ込み、畑に落ちて止まった。空転するタイヤが泥を跳ね上げる。昨夜降り続いた雨のせいで畑がぬかるんでいるのだ。完全にスタックした。

ロシア兵四人全員、車から飛び出し、マビックめがけて気が触れたよう乱射し始めた。

アンドリーはマビックを高度百メートルまで急上昇させた。マビックの機体は約三十センチほどだ。百メートルも離れると小さな十字にしか見えない。視力検査表の2・0のようだ。よほど腕の立つスナイパーでないと狙撃するのは難しい。

アンドリーはマビックをホバリングさせたままスイッチブレードを飛ばした。

首からぶら下げたコントローラーはまた二個になった。七キロ先の現場までスイッチブレードが急行するまでの間に、マビックの撃墜を諦めたロシア兵が逃げ始めた。四人がばらばらに、ぬかるんだ畑の中をのたうつように逃げ惑っている。

アンドリーは、今度はもて遊ぶことはしなかった。ひとりひとり確実に頭を吹き飛ばして行った。

沼地のような畑の中に首のないロシア兵の屍体が三体。

四機目のスイッチブレードが現場に着いた時には、四人目のターゲットは見当たらなかった。ウクライナでは昔から肥沃な土壌が流れ出すのを防ぐため、畑と畑の間に防風林がある。そこに逃げ込んでしまったのだ。バッテリーアラートが出たマビックは自動的に帰還モードに入った。マビックはバッテリーが切れそうになると、勝手にホームポイントまで戻り、しばらくホバリングした後、ゆっくりと自動的に着陸するのだ。

しかし、飛行機タイプのスイッチブレードはそうは行かない。一度飛び立ったら戻れない。『カミカゼドローン』と言われる所以だ。

結局、逃げたロシア兵は見つからず、バッテリーが切れる寸前、仕方なくキルスイッチで自爆させた。１８万グリブナ（日本円で約７０万円）が無駄になったことになる。

「ちくしょう、また逃げられた」

アンドリーは舌打ちした。


四日目も、朝からよく晴れていた。早速マビックで索敵を開始したアンドリーは、並木林へと繋がるキャタピラ痕を発見した。昨日の昼間は無かったから、おそらく昨夜のうちに戦車が移動して来たのだろう。

高度を下げるとバラクーダと木の枝で偽装されている場所があった。ズームアップしてよく見ると、砲塔が突き出し、車体の一部が見える。アンドリーは素早くタブレットの兵器図鑑を見た。

「Ｔ９０?!　もしかしたらＴ９０のＭだ！」

アンドリーは思わず唾を飲み込んだ。Ｔ９０Ｍ型は弾薬庫が誘爆しジャックポッド（びっくり箱）

現象を起こす旧型のT72の弱点をなくしたロシア軍最新鋭の戦車だった。

アンドリーは司令部に連絡して爆撃の要請をしようかどうしようか迷った。

T90M型は、ロシア陸軍の秘密兵器と言われ、兵器図鑑にも詳しい情報は載ってない。もしこれを無傷で鹵獲できたら大戦果になる。

「まさかこんな最新鋭の戦車に練度の低い新兵は乗っていないだろう。小型爆弾やスイッチブレードをぶつけただけで乗員が飛び出して逃げるとは思えない……」

アンドリーはあれこれ思い悩んだ。と突然、T90の砲身が火を噴いた。

砲撃を開始したのだ。砲身は集落の方を向いている。アンドリーはマビックのカメラを集落の方に向けた。一軒の家が煙を立てて崩れ落ちた。砲撃は続いた。二軒目、三軒目と崩れ落ちてゆく。壊れた家からニワトリや犬が走り出した。

戦車はなんと単なる農家を無差別攻撃し始めたのだ。

「まずいっ！　なんとかしなくては」

アンドリーは慌ててスイッチブレードを発射し急行させた。

現場上空で旋回飛行させると、素早くコントローラーを持ち替えマビックの高度を下げた。敵戦車の寸前まで降下させ、ホバリングさせると砲撃が止んだ。

主砲の砲撃は止んだが、少し間があり、今度はマビック目掛けて機銃掃射し始めた。

「よーしっ！　一か八かだっ！」

コントローラーを再び素早く持ち替えたアンドリーはスイッチブレードを戦車の砲塔を目指して突っ込ませた。長い敵戦車の砲身が見えていたのが次第に見えなくなり、単なる穴に見えた。フルスロットル。横風に煽られ少しずれた。コントロールレバーを一瞬、一ミリ動かす。黒い穴がどんどん大きくなる。

穴が画面いっぱいになった瞬間、バキッ！　と音がしてブラックアウトした。

アンドリーはすかさずマビックのコントローラーに持ち替えモニターを見た。

「しまった、やっぱり無理だったか……」

敵戦車の砲塔口径は125ミリだ。スイッチブレードの胴体がギリギリ入る。アンドリーは万に一つの可能性に賭け、戦車の砲口にスイッチブレードを猛スピードで飛び込ませようとしたのだ。敵が構えたライフルの銃口を狙って撃つようなイメージだった。うまくいけば敵戦車の内部から破壊できると思った。しかし考えが甘かった。モニターを見るが戦車には何の変化もない。けれども主砲の砲撃も機銃掃射もない。

少し経つと戦車の前部ハッチが空いて操縦手が出てきた。

操縦手は戦車の砲台までよじ登りハッチを開けた。ハッチの中から少量の煙が立ち上った。操縦手は砲塔の中を覗き込んで何か大声で叫んでいるようだった。

「しめたっ！」

アンドリーはマビックの高度を下げた。ハッチの穴をめがけて爆弾を投下し、確実にとどめを刺そうと思った。しかしマビックはなかなか下がらない。ヘリコプターと同じで、プロペラの回転速度を下げ過ぎると墜落してしまうからだ。だんだん高度を下げるマビックに気付いたのか、操縦手が慌てて戦車を駆け下り逃げ出した。アンドリーはマビックでロシア兵を追いかけた。

ロシア兵は雑木林に逃げ込んだ。俯瞰で見ると、転げるように逃げるロシア兵が木の洞《うろ》に隠れるのが分かった。洞《うろ》から足がはみ出している。

アンドリーは真下に向けたマビックの画面の中心をロシア兵のコンバットブーツに合わせ、小型爆弾を投下した。

「片足をなくしたディーブのお兄さんの仇だ！」

風に流された爆弾は少しずれ、木の枝に当たってさらにずれた。

「あっ、ちくしょう、外れたっ！」

ロシア兵は洞《うろ》から出て来た。足を引き摺っている。直撃はしなかったが、足を負傷したのだ。

アンドリーはマビックを慎重に森の中に入れ、ロシア兵を追いかけた。マビックには障害物回避センサーがついている。木に当たりそうになると自動的に急停止してホバリング状態になるのだ。そうなるとどんなにコントロールレバーを倒しても、バックか着陸コマンドしか効かなくなる。アンドリーは障害物回避センサーを『ＯＦＦ』にしてスラローム飛行させ、ロシア兵を追った。

「しかし、どうやって殺してやろう？」

マビックが腹に抱えていた爆弾はもうないのだ。鬱蒼とした森の中なので、ちょっとでも目を離すと見失うだろうから、スイッチブレードを飛ばすこともできない。

アンドリーはしばらくの間、そのままマビックで追いかけた。爆弾の無いマビックなんて、ただの撮影用ドローンだ。しかしロシア兵はパニックに陥っている。時々振り返る顔が恐怖で歪んでいる。百メートルばかり逃げたロシア兵は戦車の残骸の下に潜り込んだ。アンドリーはマビックの高度をさらに下げ、地上すれすれでホバリングさせた。ロシア兵は壊れた戦車の下でトカゲのように腹ばいになっていた。マビックのカメラを通してロシア兵と目が会った。ロシア兵が大声で何か怒鳴った。だがマビックにはマイクは付いていない。おそらく「たすけてくれ！」とでも叫んでいるのだろう、ロシア兵が泣き出した。いい歳した大人が大粒の涙と鼻水を垂れ流している。

「あ、そうだっ！」アンドリーはマビックをそのまま真っ直ぐロシア兵の顔に向かって急速前進させた。

ネット通販はもちろん、世界のどこでも買える中国製の安価な小型ドローン、マビックだが、四枚

のプロペラは全てカーボンファイバーでできている。カミソリのようなプロペラが眼球に当たると間違いなく失明するだろう。

「ミハイロの仇だっ！」

高速回転するプロペラはロシア兵の両目を切り裂いた。と同時にレンズに血しぶきが飛び散り画面が上下反転した。マビックが墜落してひっくり返ったのだ。しかしカメラはまだ生きている。上下逆さまになった映像には両目を抑えて苦しむロシア兵が映っていた。

アンドリーはトランシーバーを取り出し、コードネームを言って、状況報告と地図座標を司令部に連絡した。

『すぐに国境守備隊の歩兵を急行させる。Ｔ９０のＭ型が鹵獲できたら大戦果だ。ところで敵の通信を傍受したのだが、敵は君のことを「悪魔のドローンスナイパー」と呼んで恐れている。君のことを血眼になって探しているようだ。十分注意するように。よくやったぞウォルブズ。ご苦労！』

司令部の砲兵隊長は興奮気味だった。

「こちらウォルブズ。スイッチブレードもマビックも、もう残り一機ずつになったので補充しに隊に戻ります」

『了解、ウォルブズ、気をつけて戻れ！』

連絡を終えると、アンドリーはまたマビックを飛ばした。最後にもう一人でも多く、ロシア兵を仕留めてから帰ろうと思った。

アンドリーはさっき戦車が砲撃していた集落に向けてマビックを飛ばした。

上空から見ると、ある一軒の家から私服を着た若者が出てきた。バックパックを背負った若者は両手いっぱいの荷物を抱えている。私服なので単なる民間人かもしれない。

しかし挙動が不審だ。キョロキョロと辺りをうかがっている。

アンドリーは、マビックでこっそり若者の後を追った。

高度を下げると、ドローンに気づいた若者は慌てて逃げ出し転んだ。転んだ拍子に両手に抱えていた荷物が散乱した。野菜や果物などの食料だった。ニワトリが大慌てで駆け出して行った。なんと、生きたニワトリまで持っていたのだ。

拳銃を抜いた若者は気が触れたようにドローンめがけて乱射し始めた。何発か撃つと弾が切れたのか、「ディック！」と口を動かし、ドローンに向かって拳銃を投げつけ、大慌てで駆け出した。「ディック」はロシア語で「くそったれ！」だ。

「間違いない、ロシア兵だ！」

アンドリーはマビックを『アクティブトラックモード』にセットすると、すぐさまスイッチブレードを飛ばした。アクティブトラックモードとは、被写体となる人物や車を自動的に追尾しながら撮影する機能だ。コントローラーから手を離しても、木や電信柱などの障害物がない開けた場所なら勝手に飛んで行く。

マビックは何の問題もなく私服のロシア兵を自動的に追尾した。

約三分後、スイッチブレードが到着する頃には、逃げ惑うロシア兵は村を出た一本道を走っていた。

「私服に着替えて食べ物を盗って逃げるなんて、お前なんか兵士じゃない！　ただのどろぼうだっ！死ねっ！」

アンドリーはスイッチブレードの高度を下げロシア兵の後頭部めがけて水平飛行させた。

ロシア兵の頭がみるみるうちに大きくなる。

「村人たちの仇だっ！　死ねっ！」

ブラックアウトするかと思ったら急にロシア兵が消えスイッチブレードの画面には青空が映った。

「しまった！」

アンドリーは上空でホバリング状態に入ったマビックの映像を見た。マビックのレンズは広角なので百メートル四方が映っている。が、やはり誰もいない。ロシア兵が突如消えたのだ。

アンドリーはすぐさま画面をタップし、録画した映像を巻き戻して見た。マビックが俯瞰から撮った映像には、はっきりと映っていた。

ロシア兵はスイッチブレードが命中する寸前、橋の下に飛び込んだのだ。

農業用水路だったのだろう。枯れ川に架かった、長さも幅も十メートルくらいの橋だった。周囲に草がうっそうと茂っていたので気がつかなかった。

「あんな所に逃げこみやがって、卑怯者め！」

気を取り直したアンドリーはスイッチブレードを大きく旋回して徐々に高度を下げ、橋の下に狙いを定めた。草むらの向こうに人影が見えた。

「死ねっ！」

フルスロットルでスイッチブレードを突っ込ませた。

しかし不発だった。橋の下にバラクーダを掛けていたのだ。スイッチブレードはカスミ網にかかった鳥のように、バラクーダの網目に引っかかって止まったのだ。

モニター画面を見ると、さっきの私服を着た若者の他、ロシア軍の戦闘服を着た兵士が映っていた。いるわいるわ、五人、六人、七人、いや、負傷しているのか、地面に寝転がった兵士が、二、三人いる。合計十人以上だ。

アンドリーは思わずキルスイッチで自爆させようと思ったが、思いとどまった。

「こんな離れた距離で爆発させても、かすり傷さえ与えることはできないだろう」

当然、マビックに搭載している小型爆弾を上空から落下させても、橋の下に居るのでは歯が立たない。どうやらロシア兵たちはバラクーダに引っ掛かったスイッチブレードには気づいていないようだった。

画面の隅を見ると、冷蔵庫や電子レンジやテレビが山積みされ、鍋やベッドマットまである。まるでホームレスの寝ぐらだ。アンドリーはすぐさまトランシーバーで司令部に連絡を取り爆撃を要請した。

『よし分かった、そんな場所に友軍の兵士がいるはずはない。ロシアのクソども十匹以上か！　ちょっと待て。今、ＧＩＳアルタにデータを打ち込んだ……よし出たぞ。その橋は１５５ミリ榴弾砲でも、ぎりぎり届かない。Ｍ９８２エクスカリバー誘導砲弾を使う。三分以内に砲撃開始する。ウォルブズ、上空からドローンで着弾確認して連絡しろ！』

「こちらウォルブズ、了解しました！」

アンドリーはイヤフォンを耳に押し込んだ。マイクを付けたスイッチブレードだった。

アンドリーはスイッチブレードから送られて来る音と映像に集中した。断末魔の悲鳴を聞いてやろうと思った。

耳を澄ますとイヤフォンを通してすすり泣くような声が聞こえて来た。

「すまない、薬はなかったし、野菜や果物は途中で落としてしまった。でも、ほら、これ、食べろよ」

私服を着ているロシア兵がバックパックから生ハムの塊とサーロを取り出し、ナイフで小分けにすると他の男たちに配った。サーロはウクライナ北部地方の田舎の家によくある豚の脂身を塩漬けにした保存食だ。男たちは飢えた犬のように貪り食った。

だが、怪我をしているのか、寝たままの男だけは食べようとしない。

「どうした、お前も食えよ」

私服の男が心配そうに言うと、寝たままの男は弱々しく首を振りながら答えた。

「ああ、すまねぇな、スパシーバ《ありがとう》。でも、オラはムスリムだから豚肉は食べられねぇ」

「そんなこと言わずに食えよ。もしかしたら、これが最後の食事になるかもしれないんだぞ」

「え？　どうしてだ？」

他の男たちも、全員が食べるのを止めて、私服の男に注目した。

「僕はあの悪魔に狙われた。この場所がバレたんだ。僕たちはもう終わりだ」

「え、うう、うそだろう？」

寝そべっている兵士は足を負傷しているようで、上半身だけ起こした。

「お前たちも見ただろう、あの首のない屍体を。ここをちょっとでも出ると、あの悪魔に頭をスイカのように吹っ飛ばされるのさ」

一人のロシア兵が突然嘔吐し、食べかけのサーロを吐き出した。

ロシア兵たちは次々に泣きだした。全員、新兵なのだろう。ディーブと同じくらい、いやもっと若い。

「少年兵だ！」

アンドリーは、もしかしたら自分と同じ歳ぐらいかもしれない、と思った。

私服を着たロシア兵がおもむろに電話をし始めた。ピンク色のスマホケースにジャラジャラとアクセサリーがぶら下がっている。おそらく村の女性から奪ったスマホだろう。

「ママ、僕たちはもう終わりだ。ここで死ぬんだ、ママ、お別れだ、今までごめんね」

ビデオ通話にしたのか、話し相手の声まではっきりと聞こえた。

『セルゲィ、あなた演習に行ったんじゃなかったのかい』

「僕も初めはそう思ってた。でもウクライナの村に着いたら卵を投げつけられて『ロシアに帰れ！』って言われたんだ。上官の言ってたことは何もかも嘘だったんだ」

『セルゲィ、あなた何故逃げないの、お願い、逃げてロシアに帰って来てちょうだい』

「だめだよママ、一度は逃げたんだ。でも国境にいるＦＳＢ（連邦保安局）の奴らに『戻れ臆病者。戦いを放棄する奴は裏切り者として射殺する』って追い返されたんだ」

『そんなひどいことをされたのかい、お願い、早く帰ってきて。ああ、私のかわいいセルゲィ、お願いよ』

「だめだよママ、今帰っても反逆罪で牢屋に十年も入れられるんだよ」

『でもセルゲィ、あなたは何も悪いことなんかしていないんでしょ』

「ママ。僕はウクライナの人を誰も殺してなんかいないんだよ。上官に『男は全員殺せ。女はレイプしろ。子供は誘拐しろ』って命令されたけど、僕は一度もそんなことをしてないんだよ」

『悪いことをしていないのなら、降伏してちょうだい、お願いセルゲィ、母の会の人たちの噂じゃあ、ウクライナの人たちは捕虜に優しくしてくれるのよ』

　急に女の子の声に変わった。

『そうよお兄ちゃん、ママ、毎晩お兄ちゃんのこと心配して泣いているのよ』

「アーニャかい？　ほら見てごらん。ほらこれ、アーニャにお土産だと思って。ぬいぐるみとマフラーだよ。でも、もう渡せそうもない」

『お兄ちゃん、私、ウクライナの人から盗んだプレゼントなんか欲しくないわ。そんなことより早く帰って来て、ね、お兄ちゃん』

「違うよアーニャ、これは盗んだんじゃない、拾ったんだ、あ、いや、貰ったんだよ」

　アンドリーは私服のロシア兵が手に持ったマフラーを見て驚愕した。アンドリーの母が編んだマフラーだった。ぬいぐるみもターシャがお気に入りのクマ、父からのクリスマスプレゼントだった。

「あの目出し帽《バラクラバ》の男だ！」

アンドリーは混乱した。そのロシア兵はクラスに必ずひとりはいる、友達思いで、お節介で、お調子者だけど優しいところもある、ごく普通の少年だったからだ。

『お願い、お兄ちゃん』

『私の大事なセルゲイ。お願いだから死なないで』

「だめだよママ、僕たちはもう悪魔に見つかったんだ。もう終わりなんだ」

「おいっ！　俺にもそのスマホを使わせろよっ」

「僕にも、ママと話をさせてくれ……」

足を負傷した兵士が寝転んだまま手を突き出した。

「オ、オラにも使わせてくれ」

「うるさいっ！　お前は自分で自分の足を撃ったくせに。このイスラムの自爆テロ野郎！」

ロシア兵たちはスマホを巡って喧嘩を始めた。

「てめぇ、寄越せって言ってるだろ」

「ふざけるなっ！　これは僕の戦利品だぞ」

「貴様、私服に着替えて真っ先に逃げようとしたくせに、この裏切り者めっ！」

「R　ЭPKΣЯЭЗЯ！」

「何を言ってるんだ、お前は、ちゃんとしたロシア語を使えよ、田舎者めっ」

「お前だってブリヤートの田舎者じゃないか」

「お前の脳みそは凍っているんじゃないのかっ、このシベリアのツンドラ野郎！」

「もういいっ！　やめろ、みんなやめろっ！」

リーダー格の若者が叫んだ。

「俺たちは全員、クレムリンの大人たちに騙されていたんだ。仕方がない、白旗を出して降伏しよう。おい、誰か白い布を持っていないか?」

ロシア兵が着ているTシャツは緑色だ。全員、無言になると、リーダー格の兵士は軍服のズボンを脱ぎ捨て、薄汚れたパンツを木の枝に巻きつけた。白旗代わりだ。それをスイッチブレードがあるのとは反対側の橋の下から突き出そうとした。

「こ、こいつら……」アンドリーは、小さなモニターやマイクを通して、学校の休憩時間や放課後に繰り広げられる出来事を見るような気分だった。真面目なクラス委員もいるし、不良じみた悪ガキもいる。アジア系の奴もいればムスリムの生徒もいる。言い争い、喧嘩をするが、時には仲間のことを助けようとする。誰もが、母親や兄弟や家族の事を大切に思う。

「こいつら、僕たちと何のかわりもない、ただの子供じゃないか!?」

アンドリーは慌ててトランシーバーをひっ掴んだ。

「こちらウォルブズ、砲撃中止してくだ……」その瞬間、画面がブラックアウトした。

少し遅れて地鳴りのような爆発音と地響きが伝わって来た。

『こちら司令部、ウォルブズどうしたっ！　誤爆かっ?!』

アンドリーはすかさず上空百メートルから映すマビックの映像を見た。橋は木っ端微塵に吹き飛び、土煙が立ち上っていた。高度を下げて見ると、ロシア兵は全員、炎に包まれ、次々と倒れ、黒焦げの焼死体に変わっていった。

「あ、い、いえ、誤爆ではありません。命中しました。橋は完全に破壊されました。生存者はいないと思われます。敵無力化しました、どうぞ……」

『よーし、よくやったぞウォルブズ。ロシアのクソども十匹以上か。大漁だな！　ご苦労だった！　気をつけて帰還せよ。戻ったら映像を提出しろ』

アンドリーは消え入るような声で「あ、は、はい……了解しました……」と返事をした。

あの若いロシア兵たちは訳も分からず徴兵され連れてこられたのだろう。騙されてやって来たのかもしれない。愛する親や兄弟もいたのだ。

「できれば捕虜にするべきだった……」

アンドリーの体は急に重くなった。レベル４の防弾ベストが異常に重く感じる。

「僕はいったい、何をやっているのだろう？」

重い足取りでサイドカーまで戻ったアンドリーはキックスターターでエンジンを始動し暖機運転をする間に木の枝を取り払った。サイドカーの中は空っぽだ。もうドローンはないし食料も食べ尽くした。

「ミール、そろそろ帰るぞ、乗れ」

と言ったその時、ミールが耳を立てて空を向いた。海中を泳ぐエイのような三角形をした全翼機が雲の切れ間を徘徊していた。ロシア軍のドローン『ＺＡＬＡ　ＫＹＢ』だった。

と突然、急降下し始めた。まっすぐこっちに向かって来る。

「しまったミール逃げろっ！」

と叫んだアンドリーはバイクを飛び降りてミールに覆いかぶさりミールの耳を塞いだ。次の瞬間ドローンはバイクのガソリンタンクに命中し大爆発した。

ＺＡＬＡ　ＫＹＢはオルラン１０のような監視ドローンではなく自爆型だ。静音設計されている上、バイクのエンジン音でアンドリーは全く気づかなかった。なにより、さっきのロシア兵たちのことを考えて、ぼんやりしていたのが命取りだった。スナイパーとして研ぎ澄まされた神経が緩んで隙を作っていたのだ。辺り一帯、業火に包まれた。

アンドリーの下から這い出したミールはすぐに立ち上がった。ミールは無事だった。アンドリーは耳と左足に激痛を感じた。鼓膜がジンジン音を立てて何も聞こえない。

防弾ベストとヘルメットのお陰で上半身は無事だったが、太ももに金属片が突き刺さったのだ。歩けそうもない。だんだん痛みが激しくなる。足に刺さった破片を触ると焼けるように熱い。激痛が全身を駆け巡る。トランシーバーも今の爆撃で壊れてしまった。

スマホのバッテリーは切れている。アンドリーは隊長の言葉を思い出した。

『敵は君のことを「悪魔のドローンスナイパー」と呼んで恐れている。君のことを血眼になって探しているようだ』

「まずい、第二弾の攻撃を仕掛けて来るに違いない」

アンドリーは力を振り絞り潅木の茂みに隠れた。ミールが心配そうに着いて来る。防弾ベストが甲羅のように重い。茂みの中をアンドリーは鈍重な象亀のように這って行った。

五十メートルばかり先にあるファビアまで辿り着いた時には意識を失いかけていた。

「そ、そうだ、ミール、ちょっと来い」

木の枝で覆い隠したファビアに潜り込んだアンドリーは、ミールの防弾ベストに付いた救急セットのバッグからモルヒネを取り出した。太ももに刺さった金属片の周囲にモルヒネを少し注射すると痛みが薄れた。金属片はもう触れるくらいの温度になっている。思い切って引き抜こうとしたが「うぎゃー！」と声をあげてしまった。

アンドリーはモルヒネを思い切って全部注射した。

「モルヒネは麻薬の一種なんだ。重傷を負って、もう助からないと分かった兵士に打ってやると、夢を見ながら楽に死ねるらしいよ」と言ったディーブの話を思い出した。

痛みが薄れると同時に意識がだんだん遠ざかってゆく。

「ミール、僕はもうダメかもしれない。ごめんよ、こんなに引っ張り回して。お前はどっかに行きな」

アンドリーがミールを追い払うようにすると、ミールは尻尾を垂れて困った顔をした。

「ミール、早く行け。でないと、ここも、そのうち爆撃されるぞ」

アンドリーが「あっちに行け」と手を振ると、尻尾を丸めたミールは少し後ずさりした。

「行けっ！」

アンドリーが睨みつけるとミールはやっと歩き出した。何度も何度も振り返っては上目遣いでアンドリーのことを見る。怒った顔をするとミールは眉毛を八の字にした。

尻尾を垂らしたミールが時々振り返りながら、とぼとぼと歩いて行く。

が、戻って来た。

「さっさと行けっ！」

アンドリーはファビアのドアを思いっきり閉めるとミールが悲しそうな遠吠えをした。

何度も何度も遠吠えをするが、その遠吠えも次第に遠ざかって行った。

アンドリーは大きく深呼吸して、シートの上で体を丸めた。

ファビアの中にうずくまっていると母の胎内にいるような気分だった。

「ああ、母さん、父さん、ターシャ、ディーブ……ユリア……」

まぶたが鉛のように重く感じる。急に眠くなってきた。

目を閉じると故郷のヒマワリ畑が思い浮かんだ。

ヒマワリ畑の中からターシャが出てきた。ターシャが急に走り出した。ミールが出てきてターシャを追いかけた。すばしっこいターシャはぜんぜんつかまらない。

今度はヒマワリ畑の中から父と母が現れた。母は赤ちゃんを抱っこしていた。足元には猫のスィーニがいる。腰が曲がりかけたタチアナ婆さんも出て来た。

ミールがターシャに飛びつき、ターシャの顔を舐めた。

どこからともなくピアノの伴奏が聞こえると想ったら、語りかけるような、ゆっくりとした男の歌声に変わった。アンドリーは耳を澄ませた。

丸い老眼鏡をかけて聖書を読む牧師さんのような優しい声。胎児の鼓動みたいな、ゆったりとしたドラムの音。途中から始まったストリングス（弦楽器）の伴奏は、赤ん坊の誕生を待ちわびる母のハミング（鼻歌）みたいだ。

その曲は、あの『イマジン』だった。

アンドリーはしばらくの間、うっとりと聴き入った。

「ああ、こんなにいい歌だったのか……」

歌の途中でヒマワリ畑の中からソフィアが出てきた。ソフィアは純白のウェディングドレスを着ていた。ヒマワリの花束を持っている。アンドリーは息が止まるかと思った。

「めちゃくちゃ綺麗だ！」

今度はディーブが出て来た。タキシードを着ている。ディーブは恥ずかしそうに頭を掻いた。太ったディーブはタキシードが似合わない。金ラメの大きな蝶ネクタイをしてサスペンダーで吊ったダボダボのズボンに大きめなドタ靴を履いている。まるで太ったピエロだ。つぶらな瞳に大きな丸メガネ。目は両方ちゃんとある。

「うわぁ！　ディーブが生き返った！」アンドリーは止まった息を思わず吹き出した。

ディーブのお兄さんが「何なんだよ、その格好は」と笑い過ぎてずっこけた。

イワンが拍手で二人を出迎えた。ミハイロはムービーカメラを回している。なんと、食事係りのおばさんたちもいた。玉ねぎおばさんはトップノットを黄色いリボンで結んでいる。おばさんの隣には制服を着たキャプテン・ロゴスキーがいた。二人は手を組んでいる。

「え!? 玉ねぎおばさんとキャプテンは夫婦だったの?」

さらに、イーグル隊長がドローンを飛ばして記念写真を撮っている。何処かで見たお姉さんがいる、と思ったら、リュドミラだった。顔に綺麗な小麦色のファデーションを塗り、ドレスを着ているので分からなかった。聖書を持った丸メガネの牧師さんが二人を祝福した。

「あなたはいかなる時も、ソフィアを愛し続けることを誓いますか?」

「ち、ちち、ちが、ちがいます!」

聖書に手を置き、真剣な顔をして「誓いの言葉」をカミながら喋るディーブに、ソフィアは笑いを堪えている。村人たちも、村の子供たちも全員が笑いだした。玉ねぎおばさんやキャプテンや牧師さんまで頰を膨らませた。ホリールカ《ウォッカ》のグラスを持った父とスラバ隊長が「ブージモ!」と大声を出しグラスを合わせた。ビアジョッキを持ったチキン隊長とロスティもいた。二人は肩を組んで笑っている。

全員がライスシャワーで二人を出迎えた。こぼれ落ちたライスを小鳥たちがついばんだ。

ウクライナの国鳥、赤い胸のコマドリだ。チュン……と、可愛らしい鳴き声をあげている。

「金髪の妖精、ブルー・フェアリーはソフィアのことだったのか!?」

後ろ向きになったソフィアがヒマワリの花束を放り投げた。幸せのおすそ分け「ブーケトス」だ。ブーケを受け止めた女性は、なんと、ユリアだった。

ユリアは看護師の白衣ではなく花柄の服を着ていた。美しい刺繍が施されたウクライナ伝統の民族衣装だ。束ねた髪には黄色い花の髪飾りをしている。

「ねえ、私たちも将来、結婚しちゃおうか?!」

ユリアがいたずらっぽく笑いかけてアンドリーの手を握った。

「えっ、うそ?! ほんとに!?」

防弾ベストが水に浮かぶ救命胴衣のように膨らみ始めた。どんどん膨らんで、風船のようにアンドリーの体を宙に浮かせた。手を握りしめていたユリアの体も一緒に舞い上がった。風をはらんだユリアの青いスカートがパラシュートのように膨らんだ。

「うわぁ、あれ見て、綺麗!」

ユリアが指差した村は爆撃される前の村だった。アンドリーが生まれて初めてドローンを飛ばした時に見た、自分の村の景色と同じだった。いや、前よりもっと美しくなっている。家々は新しく建て直され、並木道が新緑に輝いている。アンドリーとユリアは手を繋いで大空を飛んだ。

雲の中に入ると、ユリアがふとアンドリーの方を見て言った。

「キャンディなんて言ってごめんね、アンディ。よく頑張ったわ、偉いわ。でも、もうこれ以上誰かを傷つけたり殺したりするのはやめて、ね、お願いよ」

「でも、仕方がないんだ。ロシアの奴らが悪いことを……」と言うアンドリーの言葉をさえぎり「私は昔のアンディが大好きよ」と、ユリアはアンドリーにキスをした。

地上から『イマジン』の大合唱が聞こえる。「ああ、ここは天国だろうか……」

アンドリーには夢と現実の区別がつかなくなっていた。

真っ白な雲の中でアンドリーは深い眠りに落ちた。

「アーユーオーケー?」

目を覚ましたアンドリーに、たどたどしい英語で話しかけてきたのは、あのポーランド人のおじさんだった。気にかかって来てみたら赤いファビアが見当たらない。アンドリーが木の枝で覆い隠したからだ。車でうろうろしていると、以前、見かけた犬が歩いていた。おじさんが声を掛けると、犬は「こっちに来てくれ」とでも言うようにここに案内したということだった。

アンドリーの足から金属片が抜かれ、包帯でぐるぐる巻きにしてあった。おじさんは片足がないので、アンドリーを一人で運ぶことはできない。だから仕方なくこの場で処置をしたそうだ。

「でも、もう大丈夫だ。私は昔、コンバット・メディックだったと言っただろう。ほら」

おじさんはダッシュボードを指差した。そこには、三角定規ぐらいの血まみれになった金属片があった。

あれ以来おじさんはずっと負傷者を運んだり、治療をしているということだった。

「一度はポーランドに帰ろうと思った。でも五月の始め頃、ロシアのヒヒ爺じいが『ヒットラーはユダヤ人』と言っただろう」

ロシアのヒヒ爺じいというのはロシア外相のことだ。その発言はビッグニュースとして世界中に流れたからアンドリーも知っていた。その発言に対してイスラエル国家が激怒した。すると、ロシアの大統領が慌ててイスラエルの首相に電話し、謝罪することで何とか火消しをした。イスラエルは小さな国家だが、その軍備は米軍に次いで世界最強と言われている。もしイスラエルが参戦したらロシアはひとたまりもないのは明白だった。

「私はそれが許せなくてね。私は、お前さんの国の大統領と同じくユダヤ系なんだよ」

おじさんはスペアの杖をアンドリーに差し出した。

「これをあげるよ。ここに長居をすると危ない。どうだ、歩けるか?」

足に痛みはあるが、杖があればなんとか歩けそうだった。片足が義足のおじさんもアンドリーも、二人で杖を突きながらおじさんのファビアまで歩いた。おじさんは歩きながら言った。

「傷はすぐ治る。お前さんはラッキーだよ。足がなくならなかったんだから」

アンドリーはふと片足を失ったディーブのお兄さんのことを思い出した。

「お兄さんはディーブが死んだことを知っているのだろうか?」

アンドリーは足に痛みを感じたが、いずれディーブの死を知らされるお兄さんやソフィアのことを思うと、足の痛み以上に胸が痛んだ。ファビアの後部シートにミールが乗り込む時、おじさんが言った。

「利口ないい犬だ。ポルシェよりベンツより素晴らしい。ドイツの最高傑作だ」

おじさんの運転するファビアの助手席に座ったアンドリーは、シガーライターから出たスマホの充電器を借りた。司令部に報告しようと思った。バッテリーが上がっていたスマホを充電するとメールを受信した。

ベリング・キャットのメンバーからだった。

『君の妹さんと似た少女を発見した。君が送ってくれた写真と照合した結果、同一人物である確率は99・7パーセント以上だ。ショストカの教師夫婦に保護されている。夫妻はウクライナ政府やメディアに連絡すると「ロシア軍から逃げた少女」として大騒ぎになりマスコミの餌食となってしまうと考え「密かに親族を捜索して欲しい」と我々に依頼して来た。我々が君の両親が亡くなったことを伝えると、夫妻は「養子として育てる」と言っている。我々ができることはここまでだ。ウクライナに平和が戻ることを祈っている。ウクライナに栄光あれ。ベリング・キャットのメンバーSより』

メールの最後にはショストカの教師夫婦の住所と連絡先が書いてあった。ショストカといえばロシア国境に近いウクライナの街だ。アンドリーの村からもそう遠くない。

ドネツク州やルハンシク州では八千人もの子供たちがロシア軍に連れ去られ、行方知れずになっていた。おそらくロシアで洗脳教育をされるのだろうと噂されていたが、何処に連れて行かれ、何をされているのか誰にも分からなかった。もし逃げ延びた者がいるとすれば、文字通り『生き証人』としてウクライナだけでなく、世界中が大騒ぎになるのは間違いない。

「おじさん、すみません、司令部ではなくショストカに行ってもらえませんか!? 僕の妹がいたんです!」

アンドリーがメールに書かれた内容を告げると、おじさんはびっくりして「それは大変だ。ここから車で二時間ぐらいだろう」とファビアをUターンさせスピードを上げた。

ショストカの街はウクライナ軍によって完全に解放されていた。

しかしメールに書かれた住所のアパートは全壊していた。アパートはフルシチョフカだった。ウクライナにはどこにでもある旧ソ連時代に大量に建てられた古い団地だ。安っぽい作りなので砲撃で簡単に壊れてしまったのだろう。住民たちが後片付けをしていた。

アンドリーがメールに書かれていた電話番号にかけると、焦げた本を片付けていた男の電話が鳴った。と同時にミールが瓦礫の中に駆け出した。ターシャを見つけたのだ。

急に駆け寄った防弾ベストを着たジャーマン・シェパードに驚いたターシャは「キャー!」と悲鳴を上げて男の後ろに隠れた。ミールが千切れるように尻尾を振り、鼻をならすと、やっと分かったみたいだ。

「ミール? もしかしてミールなの?! どうしてそんなもの着てるの?」

ターシャがしゃがむと、ミールはターシャの顔を舐めた。

「ターシャ!」

杖をついたアンドリーが近寄ると「キャー！」とさっきより大きな悲鳴を上げてターシャは男の後ろに逃げた。男はターシャをかばうように仁王立ちした。黒縁のメガネをかけたインテリ風の中年男だ。同じくメガネの中年女性が駆け寄って来た。おそらくターシャを保護した教師夫婦だ。

「ターシャ、僕だよ！　アンディだよ！」

アンドリーは、もしかしたらターシャが記憶喪失にでもなったのだろうか、と思った。

「ターシャ、ターシャだよね？」

アンドリーは、ターシャに近づき顔を覗き込んだ。ターシャは震えながらうなずいたが、後ずさった。

「忘れたのかい？　僕だよ、アンディだよ！　お兄ちゃんだよ！」

アンドリーがもう一歩踏み出すと、ターシャは逃げるように女性に抱きついた。泣き出しそうなくらい怯えている。教師の男がアンドリーを睨みつけた。ターシャを抱きしめた女性もアンドリーのことを睨みつけた。ポーランド人のおじさんが杖を器用に使って瓦礫を乗り越えやってきて、アンドリーの顔を指差した。アンドリーは顔に迷彩ファンデを塗りたくったままだった。おまけにアンドリーの頭はトレードマークの金髪を刈った丸坊主なのだ。ターシャが怖がるのも無理はなかった。

ポーランド人のおじさんがくれたアルコールを含めたガーゼで顔を拭くと、ターシャはやっと分かったようだった。

「もしかして……お兄ちゃん？　どうしてそんな格好をしてるの？」と抱きついた女性から離れ、恐る恐るアンドリーに近づき、最後には「お兄ちゃん！」と叫んで飛びついたから、杖のアンドリーは危うく瓦礫の中に倒れるところだった。

父と母が殺され「二度と泣くもんか」と心に誓ったアンドリーだが、この時ばかりは思いっきり声を上げて泣いた。今まで我慢に我慢を重ねて溜めていた涙が、目のバルブが壊れたように溢れ出てきた。

ターシャも大泣きしたが、急に泣き止むとアンドリーの顔を見て笑った。
「お兄ちゃん、スノーマンみたい」

その後のターシャの話では、四十人ほどいた村の子供たちがトラックに乗せられ、連れ去られた。車で五時間ぐらい行った基地のある街だったと言うから、おそらくロシア領のベルゴロドかクルスクなのだろう。

食べ物や寝る場所には不自由しなかった。全員がロシア語を覚えるように強制されたが、子供たちばかりでサマーキャンプみたいだったと言った。しかし「十三歳以上のお姉さんたちは、毎晩、どこかに連れて行かれ、帰って来た時には泣いていた」とも語った。

約一か月後、またトラックに乗せられ、朝日が昇る方角に向かった。トイレ休憩でガソリンスタンドに寄った際、ロシア兵たちは食事を始めた。その時、見張りの若いロシア兵が南の方向を指差して「逃げろ！」と叫んだ。

ターシャは夢中で走った。気がつくともう誰もいなかった。夜になり、穀物倉庫の中に隠れていると、犬を連れた男がやって来た。トウモロコシの中に隠れたけど犬に見つかった。しかし、ロシア人のおじさんはターシャをロシア兵に突き出すどころか、かくまってくれ、食べ物をくれた。ロシア人のおじさんはたどたどしいウクライナ語で「この戦いは意味がない。すまない」とターシャに謝ったそうだ。

ロシア人のおじさんはウクライナに連絡を取り、国境までターシャを車で送り届け、教師夫妻に受け渡してくれた、とターシャは夢中で喋った。そのロシア人のおじさんと教師夫妻は親戚らしい。

アパートを破壊された教師夫婦は、現在、学校の教室で暮らしているそうだ。他にも大勢、親を失った子供たちが共同生活をしているらしい。

教師夫妻は「よかったら、君も一緒に暮らさないか？」と薦めてくれたがアンドリーはきっぱりと断った。

「いいえ、気持ちは有り難いですが、僕にはやることがあります」

アンドリーはとりあえず、タチアナ婆さんの家に住んで、自分の家を少しずつでもいいから立て直そうと考えていた。そして落ち着いたら部隊に戻ろうと思っていた。

「ターシャ、お前はどうする？」

「あたしもお兄ちゃんと一緒に行く！」

ターシャは即答した。

「厳しい生活が待っているんだぞ。ここでお世話になった方がいいんじゃないか？」

「あたしもお兄ちゃんと一緒に頑張る！」

ターシャはアンドリーの腰にしっかりと抱きついた。

ターシャはフレアースカートを着ていた。それもオレンジ色の花柄。ターシャが苦手な女の子らしい服装だ。髪の毛まで綺麗に三つ編みにしてある。

ターシャが窮屈な思いをしているのはすぐに分かった。いつもオーバーオールを着て、トウモロコシのヒゲのように髪をぐしゃぐしゃに振り乱して遊ぶからだ。

教師夫妻はターシャを抱きしめると、何度も何度もチークキスをした。

二人はファビアに乗り込むアンドリーとターシャを優しい笑顔で見送ってくれた。

奥さんの方は、メガネを外して目頭をハンカチで押さえていた。別れ際、数冊の本をターシャにくれたが、小難しそうな本だった。ターシャはどうせ読まないのだろう。

ポーランド人のおじさんはウクライナ語が分からないけど、何を話していたのかは、おおよそ理解していようだった。

助手席に座ったアンドリーに、「殺しあうのだけが戦いじゃない。家を建て、畑を耕し、人を助けるのも立派な戦いだよ」と拙い英語で話した。

「悪いのは、いつも、ほんの一部の大人だ」

アンドリーはおじさんの話を聞きながら、ぼんやりと車窓を眺めていた。

まだ英語が分からないターシャは、おじさんの話が理解できない。大あくびをすると後部座席でミールに身をもたせかけ、居眠りを始めた。

不整地の道路には無数に砲弾の穴が空いている。おじさんは車が揺れないよう、ゆっくりと走らせた。

「念のため、部隊に連絡をしたほうがいいんじゃないか？　心配しているぞ」

おじさんに促され、アンドリーは部隊に連絡を入れ、状況報告と、自分が足に怪我をしたが、ボランティアの衛生兵に手当てしてもらったので無事であることを話した。

部隊長は『今度、大統領が叙勲式典をすることになった。いつ何処でやるか、まだ正確な日時は明かせないが直前になったら迎えの者を寄越す。君にはドネツ川の分と、T９０M型を鹵獲した功績で、二つの勲章が授与される予定だ。君の活躍が世界中に広まるチャンスだ。君はヒーローだ。必ず参加してくれ』と言った。

アンドリーは「行く」とも「行かない」とも言わず、生返事をして電話を切った。

アンドリーはこの数カ月のことをぼんやりと回想した。ディーブの死亡報告は、真っ先にキーウにあるドローン準備隊のチキン隊長に行くはずだ。

「あの隊長のことだ。ディーブのお母さんには丁寧な手書きの手紙を書くだろう。おそらくソフィアにも、うまく伝えてくれるだろう……。そのうちディーブのことは忘れて、他にだれかいい人でも見つけるのかな？　あんなに美人なんだから、いくらでも言い寄って来る男はいるだろうな……」

窓の外を見ると破壊された戦車がうずくまっていた。赤錆びた戦車が墓標のように見えた。その向こうには、麦畑が延々と続いている。

どこまで走っても、なかなか景色が変わらない麦の海原。

戦争の傷跡を何もかも覆い尽くすように金色の麦が逞しく育っている。

麦は、踏まれても踏まれても、また立ち上がる。麦は踏まれた分だけ強く育つのだ。

ファビアの車内はぽかぽかと暖かい。

「まるで父さんのラーダに乗っているみたいだ」

アンドリーはシートに身をもたせたままうつらうつらしはじめ、そのうち眠りに落ちた。


トントン……と太ももを軽く叩かれ、アンドリーは目を覚ました。

こんなに深く眠ったのは数ヶ月ぶりだった。いったいどれくらいの時間が経っただろう？　何年も眠っていたように感じる。心も体も完全にリラックスしていた。

アンドリーは何の夢も見ず、深くて心地良い眠りに落ちていた。

狭い車の中で、手足を思いっきり伸ばして大あくびをした。

「よく眠れたかい？　妹さんも犬も疲れているのだろう、よく眠っている」

ポーランド人のおじさんはバックミラーの中のミールとターシャを見ながら小声で言った。

「彼女はお父さんやお母さんのことや、家が焼けたことを知っているのかな？」

「え、あ、いえ、それはまだ話していません」

アンドリーが窓の外に目をむけると、前方に村を示す看板が見えた。看板には小さなウクライナ国旗が括り付けてあった。

「あ、そうだ、おじさん、ここら辺でいいです。ここで降ろして下さい」

車を下りると、そこは幹線道路から村へと続く分かれ道だった。その道は、父とラーダで何度も走った懐かしい故郷への道だ。村へは、あと数キロだ。左右には小麦畑が広がっている。アンドリーは、ここからは歩いて行こう、と思った。なぜなら、ターシャに、焼け落ちた家を急に見せたくなかった。両親が殺されたことも、どうにかうまく説明してから家に帰ろうと思った。

振り向くと、おじさんは車に乗ったまま、窓だけ開けた。アンドリーは、おじさんには何て言っていいか分からないくらい感謝の気持ちでいっぱいだった。

「おじさん、色々、どうもありがとうございました」

アンドリーはシンプルに感謝の気持ちを伝えた。これ以上どう言っていいか、すぐには思いつかなかった。

後部ドアを開けたターシャが下りて来て、目を擦っている。続いてミールも下りて来た。

「え？　どこなの、ここ」

ターシャは寝ぼけてキョロキョロしている。

窓から片肘を出したおじさんは「何かあったらいつでも連絡しなよ」と、親指を立てて笑った。

「あ、おじさん、これ」

アンドリーは咄嗟に自分の腕に巻きつけていた黄色いスカーフを外して、おじさんの腕に巻きつけた。この黄色いスカーフが今まで自分を守ってくれたのだ。アンドリーからしてみれば、おじさんにお守りか勲章をあげたつもりだった。

「おじさんはいったい、どれだけの人を救ったのだろう。ユリアも、おじさんも、誰一人として殺したり傷つけたりしていない。勲章を貰うべき人は、このおじさんやユリアだよな。これからは、おじ

さんのことを守ってくれ」という願いだった。

しかし、おじさんは「私は怒っているぞ！」と突然、予期せぬことを言ったのでアンドリーはびっくりした。そりゃそうだろう、黄色いスカーフなんて、おじさんにとってはただの布切れだ。もしかしてロシア兵に捕まったら殺されてしまうかもしれない。

なんて子供じみたことをしてしまったのだろう、アンドリーは焦って外そうとした。

しかし、おじさんはスカーフを外そうとするアンドリーの手を振り払った。おじさんの顔は怒っていない。むしろ笑っている。

「ありがとう。美味しそうなバナナの色だね。お腹が空いて来たよ。アイアム、アングリーだ。あ、間違えた、ハングリーだっけな？」

おやじギャグでアンドリーを笑わそうとしたのだ。ほっとしたアンドリーだが、笑えず、無理して口角だけ上げたが、頬の筋肉がピクピクと引きつった。

「君たちは家に帰っても食べるものはないだろう？」

「え、あ、いえ、大丈夫です。タチアナ婆さんの家に何か残っていると思います。それに畑もありますから」

「そうかい、君はえらいね。じゃあ、元気で頑張れよ」

おじさんはそうつぶやき、ひと呼吸置き大きな声で言った。

「ヘローヤム・スラーバ！」

ウクライナ語で「英雄に栄光あれ」という意味だ。

おじさんはもう一度親指を立てると、そのままハンドルを握ってファビアを南の方へと走らせて行った。

窓から出している腕に巻きつけた黄色いスカーフが風でたなびいた。

アンドリーは青いファビアが点になり、地平線の向こうに消えるまで見送った。

「あ、そうだ」

アンドリーはスマホを取り出しワッツアップでおじさんに連絡を入れた。

『家が再建できたら是非来てください。ターシャと、ご馳走を作って待ってます』

しばらくすると、おじさんから返事が来た。

『楽しみにしてるよ。グッドラック！』

アンドリーは思わず吹き出しそうになった。

「おじさん、グッドラックのラックが『ＬＵＣＫ』じゃなくて『ＲＡＣＫ』になってるよ。これじゃあ『いい棚』になっちゃうよ」

すると、すぐにもう一本届いた。

『あ、間違えた。ＲＡＣＫじゃなくてＲＯＣＫかな？』

アンドリーは堪えきれず吹き出した。

「おじさん、それじゃあ『岩』になっちゃうよ」

おじさんは又おやじギャグで僕を笑わせようとしているのかな？　と思っていたら、もう一本届いた。それにはこう書かれていた。

『ＬＥＴ，Ｓ　ＲＯＣＫ！』

「ロックで行こうぜ！」というアメリカン・イングリッシュだ。

アンドリーが大笑いすると、ターシャが不思議そうに見上げた。

「お兄ちゃん、何、笑ってるの？」

「ん？　あ、いや、頑張るぞっ！　って思ってさ」

「お兄ちゃん、私もがんばる！」

ターシャは村の方角に向かって走り出した。

「あ、ちょっと待てターシャ！」

「何なの？　お兄ちゃん」

ターシャは立ち止まって振り返った。

「早くパパとママに会いたいよ、それにスィーニにも！」

一刻も早く家に帰りたいのだろう、ターシャはその場で足踏みした。

「お兄ちゃんは足を怪我してるから、ゆっくりとしか歩けないんだよ。おいで、一緒にゆっくり歩こう」

「お兄ちゃん、そういえばどうしたの？　その足、大丈夫？」

「ああ、ちょっとしたかすり傷だ。すぐに良くなるから平気だよ」

アンドリーは杖を使って、自分のヘルメットをコンコンと軽く叩いて見せた。

「実はね、ターシャ……ちょっと話があるんだ」

「なに？　話って」

「落ち着いて良く聞くんだよ。実はね、家は、ロシアのやつらに焼かれてしまったんだよ」

「え？！　じゃあ、お家《うち》がなくなっちゃったの？」

「それから、パパとママのことなんだけど……」

「パパとママがどうかしたの？」

アンドリーは、ターシャが両親の墓を見たときのことを想像すると美しい夕日が血の色に思えた。

「ねえお兄ちゃん、パパとママがどうかしたの？」

ターシャは子犬のようにアンドリーを見上げて首を傾けた。

アンドリーが口ごもると、ふとミールが立ち止まり、耳を立てて空を見上げた。

アンドリーも空を見たが何も見えない。ミールはまだ空の一点をじっと見つめている。

目を凝らしてよく見ると遥か上空を何かが飛んでいる。

「ドローンだ！」

しかし、敵のドローンなのか、それとも味方の物なのか判別できない。ドローンがゆっくりと高度を下げ始めた。ミールが狂ったように吠えた。

「しまった！」

隠れる場所はない。潅木の茂みがあるが、かなり離れている。

アンドリーはターシャの頭に、慌ててヘルメットを被せた。

「なにこれ？」

ターシャはヘルメットのバックルの止め方が分からず、まごついた。焦ったアンドリーだが、ドローンは違う方向に飛び去り、ミールは「もう大丈夫ですよ」とでも言うようにアンドリーを見上げた。

アンドリーがひとつ大きくため息をついてミールの頭を撫でると、ミールは嬉しそうに尻尾を振った。

「あたし嫌だ、こんなの。重いし、ぶかぶかだよ」

ターシャはヘルメットを脱いで、アンドリーに突き返した。

アンドリーは夢に出たユリアが「アンディよく頑張ったわ、偉いわ。でも、もうこれ以上誰かを傷つけたり殺したりするのはやめて、ね、お願いよ」と言ったのを思い出した。

「そうだな、もういいか……」

アンドリーが背嚢を下ろして防弾ベストを脱ぐと、砲撃でできた地面の穴にヘルメットと一緒に投げ捨てた。背嚢にはドローンのコントローラーが入っている。母の形見である赤い花柄のセーターは薄汚れボロボロになっていたが、体が急に軽くなった。杖も必要なさそうだ。

アンドリーはミールの防弾ベストも、ベルトを外して脱がしてやった。その防弾ベストにはウクライナ語で『ミーア（平和）』と描かれている。ソフィアが描いてくれたやつだ。

数ヶ月ぶりに防弾ベストを外して身軽になったミールはブルブルブルッと体を震わせ、思いっきり背伸びを終えると急に走り出した。村の方角だ。

「あっ、ミール、ちょっと待って、乗せてよ！」

ターシャが足にまとわりつくスカートを両手でつかんで追いかけた。オレンジ色の花柄スカートがハロウィンのかぼちゃのように膨らんだ。

「あっ、ターシャ！」

手を伸ばした瞬間、アンドリーは体のバランスを崩して雑草が生い茂る道端に転んでしまった。「ターシャ、待てっ！」

しかし、ターシャはミールを追って、さっさと走って行く。立ち止まりもしないし振り向きもしない。とうとう行ってしまった。完全に見えなくなってしまった。

「ふう〜、仕方がないか……」

ふと見ると、転んだ拍子にアンドリーの手の甲に毛虫が乗っていた。毛虫は頭を持ち上げるとアンドリーの方を振り向いた。アンドリーは毛虫に向かってつぶやいた。

「いつか羽を生やして、空を飛べよ……」

アンドリーは、その毛虫をタンポポの葉の上に、そっと逃がしてやった。

毛虫は何事も無かったようにタンポポの葉を食べ始めた。

どうにか立ち上がったアンドリーは、ゆっくりと大地を踏みしめるように歩いた。

足を引きずって歩くが大した痛みは感じない。麦畑が夕日に照らされ黄金色に輝いている。地平線まで続く麦の海原。風が金色の波を起こし、サワサワ……と音を立てている。

そよ風が優しく背中を押して足取りを軽くした。実った麦のいい香りがする。見上げると二羽の鷲が悠々と飛び回っていた。雑木林には赤い胸のコマドリが囀きながら飛び交っている。セミたちの声が聞こえる。蝶もいるしミツバチもいる。

こぼれた種が自生し野生化したのだろうか、道端にヒマワリが二輪咲いていた。葉は虫に食われ、花びらは、ところどころ抜けているがしおれてはいない。太陽に向かってしっかりと立っている。

風に揺れる二輪のヒマワリは、ボロボロになっても寄り添いながら笑っているようだ。

澄み渡った麦秋の青空と黄金の小麦畑は、まるでウクライナ国旗だ。

爽やかな故郷の空気。軽くなった体と共に、気持ちまで軽くなる。

両手両足の先に、四つのプロペラが付いて飛び上がった気がする。

大空からドローンで見た村の景色が思い浮かんだ。

学校も見えた。そろそろ九月だ。

九月一日には学校が始まるのだろうか？　ターシャは泣くかな？　僕たちはこれからどうなるのだろう？　と思ったが、大して不安な気持ちにはならなかった。

「なんとかなるか……」

セーターに付いた泥を払ったアンドリーは、胸をはり、ひとつ大きく深呼吸をして叫んだ。

「よーし、やるぞ！　LET'S　ROCKだ！」

了

あとがき

ロシア軍によるウクライナへの無差別攻撃を目の当たりにして、第二次世界大戦を経て戦争孤児になった母の話を思い出し、憤りに任せて書き殴ったのが本書です。

惨たらしい戦争の被害者であった私の母の背中には、まるで大蛇のような火傷跡がありました。空襲の際、近所の人々と防空壕に隠れていたところに焼夷弾が直撃したのです。

「出ちゃだめ！　色白の娘は赤鬼に捕まったら乱暴されて殺される」

と、祖母に言われたものの、まだ小さかった母は熱さに耐えかね飛び出しました。防空壕は神社を模して作られていました。母が飛び出した瞬間、粗末な鳥居がやけ崩れ母を押し倒したのです。母は叫び声も上げず、歯を食いしばったまま背中を焼かれながら気を失いました。残った人々は、全員、焼け死んだそうです。

「あんたのお婆ちゃんはね、座布団で作った防空頭巾に火が燃え移って、サンマの塩焼きみたいだったわ。おばあちゃん、痩せこけてたから脂がのってなくて、鬼さんたち、さぞ不味かったでしょうね」

「でも仕方がないのよ。日本の方が先に喧嘩をしかけたんだから」

そう言って、母は毎夜、温泉街の片隅ではじめた小さなスナックで、ショットグラスの酒をひと息に飲み干すのです。母の手にまで火傷痕がありました。アル中気味の母は、いつも幼かった私に「日本昔話」や「おとぎ話」より、戦争の話ばかりしていました。いつも話の締めくくりはこうでした。

「でも私は運が良かったの。顔は焼けなかったんだから。何より、あんたが生まれたから……」

いつの時代も戦争の犠牲となるのは女性や子供たちです。本文中で『サージェント爺さん』に語らせたとおり、人間が人間である限り、この世から戦争を無くすのは不可能な気がします。

しかし不可能とは思いつつも、この世から戦争がなくなるのを願うのを止めずにはおれません。
ウクライナに平和が戻る日を祈っています。

『この物語はフィクションであり、実在の人物、団体、事件とは一切関係がありません』
表紙及び挿画は全て筆者が商用利用可能な生成ＡＩを使用して作成しました。

妹尾一郎（せのお　いちろう）
１９６１年　山口県生まれ、日本大学芸術学部写真学科卒業。
２０１９年「ドローンマン」（イースト・プレス社）で作家デビュー。
現在、フリーカメラマンとして世界中を飛び回っている。

キノコ雲の下から、さあもう一度
ナガサキ・被爆家族の願い
浦上原天
改訂版
クリエイティブメディア出版
Publishing

クリエイティブメディア出版の本

読む人「誰もが」元気になる本

「人生は夢マラソン」～地球の裏側フロリダより挑戦は続く～

フロリダ久美（著）販売価格：1,200円（＋税）

第７回クリエイティブメディア出版主催
出版大賞にて「優秀賞」を受賞。
フロリダ久美の著者デビュー作「人生は夢マラソン」
～地球の裏側フロリダより挑戦は続く～が、
著者地元の有隣堂厚木店にて、文芸部門５週連続「第１位」を獲得。新人作家であるにも関わらず新刊100冊を「面」で陳列するなど大きな話題に。

内容
夢は必ず叶う。これは英語が苦手でコネも学歴も経験もなかった私の物語。アメリカ生活20年目、日本を遠く離れた地球の裏側フロリダからあなたの夢実現を全力で応援します。

Profile
フロリダ久美
ラジオパーソナリティ、講演会など文化人としても活躍中。

本の出版は人生を劇的に変化させる魔法

【読者特典】「特性診断30問」が無料！

あなたの人生を変える 特性診断30問

岡本浩之先生から応募者全員に診断結果が無料で届きます。

■応募方法

「特性診断30問」簡易診断の QRコードからアクセス。

LINE公式「特性診断30問」でお友達の追加をお願い致します。

❶自分の生活、ビジネスに生かしたい。自分のことが知りたい。ビジネスパーソンにお薦め

￥500 Kindle 価格

Amazonのkindle電子書籍は、200万冊以上が読み放題。
お好きな端末で利用可能です。
初めてご利用の方は 30日間の無料体験が可能。
期間終了後は**月額 980円**。いつでもキャンセルできます。

❷これから心理カウンセラーを目指したい方にお薦め

¥ 500 Kindle 価格

❸企業の人事採用担当者様にお薦め

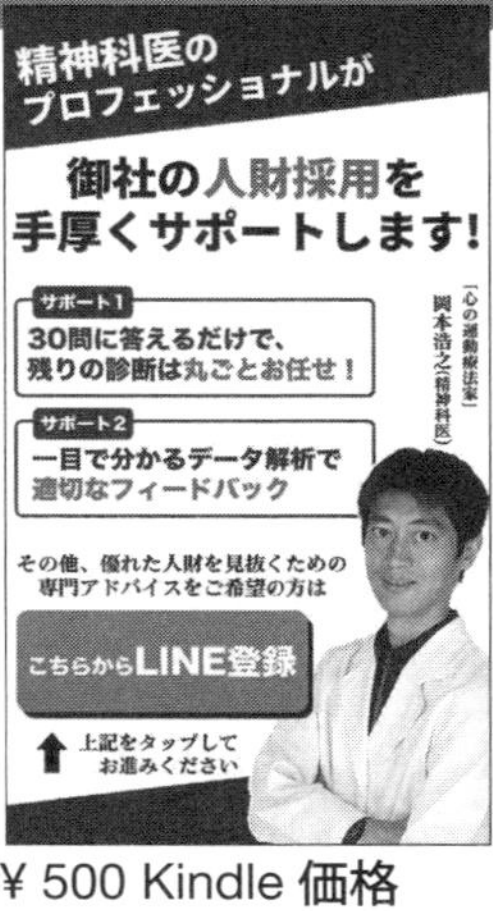

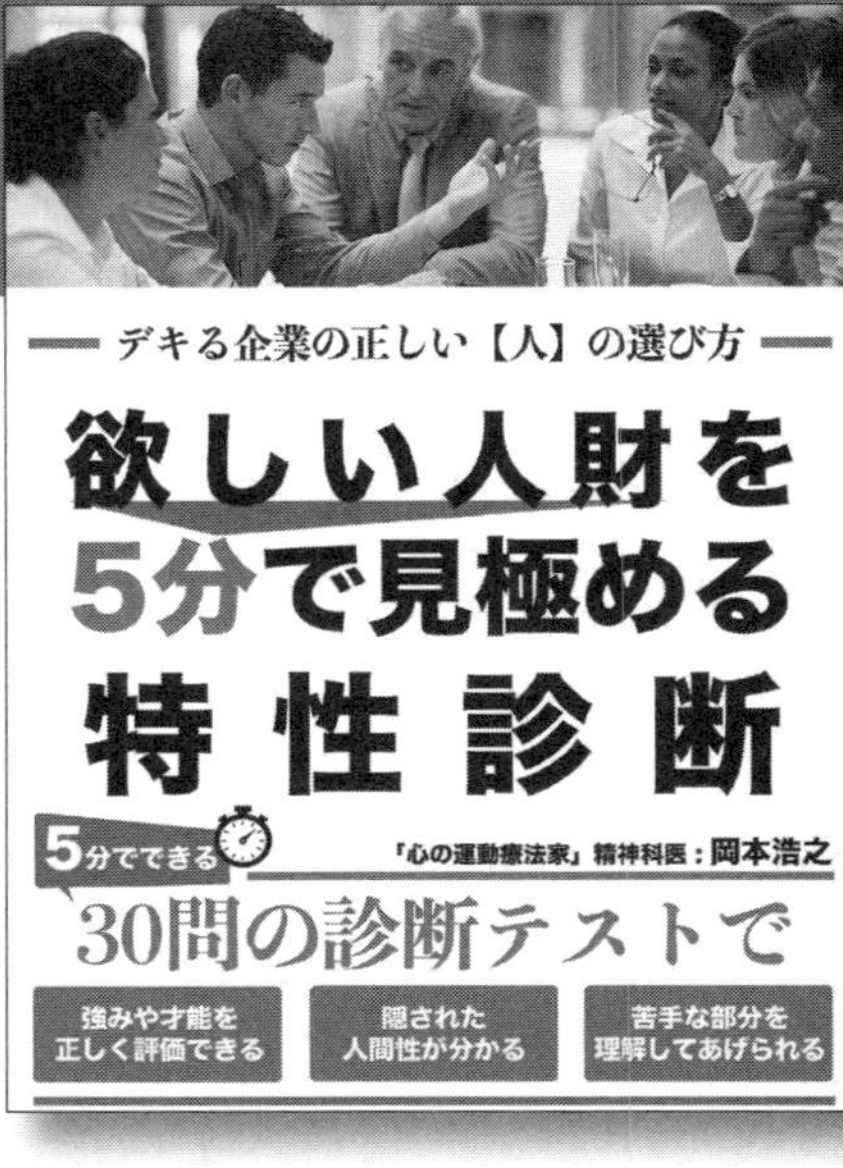

¥ 500 Kindle 価格

kindleunlimited （期間限定）無料読み放題

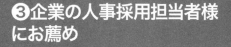

Ukrainian Drone Sniper
ウクライニアン
ドローンスナイパー

2025年1月20日 初版第1刷発行

著　者　妹尾一郎
発行人　松田提樹
発行所　株式会社クリエイティブメディア出版
〒135-0064
東京都江東区青海2丁目7-4　The SOHO Odaiba（お台場）8階
e-mail：ebook@creatorsworld.net
企　画　出版大賞実行委員会
編　集　武左
デザイン　モグモグ630
装　幀　開成堂印刷株式会社
印刷／製本　シナノ印刷株式会社
協　力　株式会社パールハーバープロダクション
クリエイターズワールド

ISBN 978-4-904420-29-4